情不知所起，一往而深。
尋著心之所向，乘著拂曉清風，
流往那剎那即永恆之境。

情不知所起，一往而深。
尋著心之所向，乘著拂曉清風，
流往那剎那即永恆之境。

喵咪
邱比特
Cupid cat

Thank you for supporting me
and my dreams na ka. ♡

Mame

Contents

前言

「孩子，今天可能會有點辛苦哦。」

「沒事，這樣還算輕鬆的。」

豪華的公寓裡，一頭棕髮的男孩，看著面前這位一身工作服且面露不自在的婦女，在她身後的是幾天前還像樣品屋一樣整齊的房間，現在已經是一團亂。

「房間真的是太亂了，抱歉啊孩子，阿姨雖然是單身女性，但還是把房間弄的亂七八糟。」中年婦女看著面前的男孩，不禁搖搖頭。

他是自己好友的兒子 Nam，一週會兼職三天的打掃清潔。

「沒關係啦阿姨，我反而要感謝妳提供這份工作給我，而不是選擇更專業的管家，這已經讓我很感激了。」男孩語氣帶著真誠，讓對方露出一抹笑意。

「好啦，那阿姨就去工作啦，今天約了一個客戶，這星期的薪水就放在老地方囉，哦，還有餐費也一起。」語畢，阿姨隨即離開，還來不及聽到好友兒子接下來說的話。

「阿姨已經給很多了。」Nam 一邊喃喃自語，看著凌亂不堪的房間，臉上帶著微笑。

阿姨是媽媽的好友，雖然離婚了但卻很勤勞，她總

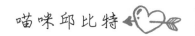

是習慣自嘲說因為自己不擅長做家事所以老公才會拋棄她，在得知好友的兒子需要兼職來幫忙減輕家裡的開銷時，立刻就讓他來幫忙整理自己的家。

工作並不困難，薪水卻很高，這讓 Nam 感到有些不好意思。

「好啦，開始工作吧 Nam ！」他捲起袖子，開始今天的工作。

「呼！」Nam 用力地提起兩袋大型垃圾袋，努力從樓上拖往公寓樓下的垃圾場，接著又折回去拖了第三袋，當他再度來到垃圾場時，看到了一位帥氣的年輕男性從一輛銀色跑車走出來，手裡拿著一袋東西。

他一眼就認出那人的身分。

「Kim 學長……真是一如既往的帥氣，不過看起來很不好接近的樣子。」

看著那抹進入大樓的寬闊背影，舉手投足都有著迷人的風範。

Kim，就讀大學三年級管理學院，可以稱得上是學

校的風雲人物，女生們心目中的白馬王子，長相帥氣、家世顯赫又擅長運動，也難怪一票女生為之傾倒，但他總是喜歡在外拈花惹草。

「花心是硬傷啊。」Nam 半開玩笑地說。

他其實早在入學前就認識這位學長，當時的他已經為母親的好友打掃了長達半年之久，而 Kim 學長就住在阿姨的隔壁，也因此得知了全校女學生都想知道的祕密。

學長換女朋友和換衣服一樣迅速，這是千真萬確的，Nam 親眼目睹學長明明前不久才帶著可愛的女生回房，沒過幾天就又帶回另一名身材火辣的女子，甚至還撞見他們兩人在電梯裡擁吻，害他不得不害羞地跑回阿姨的房間。

「這件事與我無關⋯⋯還是趕快把垃圾扔一扔然後去超市買飯吧，該吃午餐了。」

Nam 邊說邊往回走，還不忘順便看一下寫有房號的信箱，當他打開信箱後掉了一封信，但他沒有馬上撿起來，因為目光被告示板給吸引。

「又來了？」他看了告示板上公告的內容嘆了口氣。

由於這棟公寓禁止飼養寵物，聽說上星期發現了某

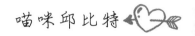

一戶偷養狗，除了房主必須繳納罰金之外，同時也得面臨將寵物送走的命運，聽說狗主人還因此痛哭失聲。

畢竟會飼養寵物的人應該都是真心喜歡牠們的吧。

「好啦，這是最後一袋了。」再次折回屋內，原本心裡在意的事也被拋到腦後，他抓著最後一個袋子轉身走出房間。

砰！

匡！

咚！

「噢！」Nam才剛走出房門沒幾步就覺得自己像是被什麼武器擊中一般感到一陣頭暈目眩，手中的袋子掉了下來，垃圾散落一地，更慘的不是他得重新收拾垃圾，而是……

「該死的！」面前的巨人發出了怒吼，低頭看著跌坐在地上的人。

實在是太倒楣了！

一開始還不知道撞到的是誰，直到看到那位面露兇

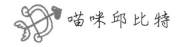

狠的學長。

「對不起！我走路沒看路，我會盡快收拾的。」他連忙起身並且以最快動作收拾掉在地上的垃圾塞進袋子，有一瞬對上學長的眼神，不由得冷汗直冒。

就在這個時候，學長走出房門並蹲下來翻找著，Nam 見狀連忙開口：

「呃……您不用幫我，我可以自己收拾。」

即使他內心仍然暗忖：是肇事者突然把門打開，這根本不是他的錯！但 Nam 不好意思將吐槽說出口，只是幫忙的人對他的話置若罔聞，而且還把手伸進垃圾袋裡。

Nam 瞪大了眼看向學長。

「跑去哪了？」耳邊傳來對方的聲音，他本來想開口問前輩在找什麼，但又沒有勇氣，「嗯，好像有什麼……」

突然，他眉頭輕皺，將手伸進中間散落的垃圾堆裡一陣翻找，接著收手——

「喵……」

靠？！那是一隻擁有藍色眼睛的小貓！

「真的是太瘋狂了。」就在這個時候聽到身邊那位學

長的咒罵聲，他輕拍了前額，最終低頭看向懷裡的貓，那隻貓發出的叫聲似乎正在宣告他將來的不幸命運。

「喵……」

喂！別叫了，你不知道你是這棟公寓內被禁止進入的生物嗎！

1

被寵壞的貓與魔鬼主人

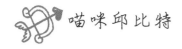

唉，他現在很害怕。

此時此刻，一個十八歲的少年只能駝著背坐在豪華的沙發上，低頭看著自己併攏的大腿，雙手放在膝蓋上一動也不動，他神情顯得異常緊張，豆大的汗珠從額上冒出並順著太陽穴滑了下來，冷汗浸濕了他的上衣。

房間的主人也就是學校裡的那位風雲人物。

Nam 發誓，要是讓校內女生們得知自己就在這位最受歡迎的學長隔壁房間工作時，一定會嫉妒到尖叫出聲，但此時此刻的他，只想快點離開這裡回到原本房間繼續打掃，因為面前這個男人盯著自己的這股炙熱視線，像是準備殺人滅口一樣。

「……」

「呃……如果學長沒什麼事的話……我該回去繼續收拾房間了……」

但房間的主人依舊雙手環胸，翹著腿靜靜地看著自己。

這時 Nam 深吸了一口氣，並發出微弱的聲音，抬頭對上他的視線。

哦，還是他已經默許自己的要求了？

「誰准你離開了？」

　　Nam 準備起身的動作因為對方低沉的嗓音又再度縮了回去，他臉色有些慘白，聲音也變得更小聲了。

　　「學、學長還有什麼想交代的嗎？」他強迫自己不去看一旁那隻白色小貓，畢竟牠的存在違反了公寓的規定，現在的他只想當作什麼事都沒發生過。

　　Kim 終於起身走到 Nam 面前，將手放在他的肩膀上，臉也向他湊近。

　　「抬起頭看我。」

　　Nam 在接收到他的命令時渾身一震，他承認對方的眼神實在太過可怕了，所以他才不敢直視他的雙眼，然而這都無法否認一項事實……眼前這位叫 Kim 的男人真的十分帥氣。

　　他的臉像是雕刻一般的完美，漆黑的雙眸盯著自己的視線十分銳利，濃眉往上輕挑，讓他臉上的神情看起來很是兇狠，高挺的鼻樑搭配著薄唇及黑髮，是能讓女孩尖叫的外型，除此之外，他身高約一百八十公分，強健的體魄再加上身高，會受到女生追捧也不意外。

　　只是為什麼自己對上學長的雙眼就會不由自主地渾身發抖。

　　「你看到了什麼？」

　　聞言，Nam 的心跳突然漏了半拍，他有些慌張地抹去腦海裡奇怪的想法，眼神不經意地撇向那隻約三個月大的小貓，連忙收回視線轉向另一方向。

　　「呃……我什麼都沒看到，我只知道撞到學長家的門而已。」

　　但這個答案顯然沒讓對方感到滿意。

　　「我怎麼知道你不會把這件事說出去。」

　　「我可以發誓，學長，我絕對不會告訴任何人，學長偷養了一隻貓……啊！」他連忙摀住嘴好打斷自己脫口而出的話，因為驚嚇而瞪大了雙眼，在看到面前的男子嘴角勾起的笑意時，他此時此刻只想哭。

　　「是嗎？」

　　媽！姐妹們！我今天可能就要被這個男人滅口了！Nam 不禁在內心暗忖。

　　少年臉上弦然欲泣，緊張地嚥口水，最後只能低頭等待眼前學長決定自己的命運，至於那位學長直直地盯著他，接著站了起身。

　　砰！

　　「嚇！」突然一掌拍在沙發上的聲響讓 Nam 嚇了好大一跳，他不得不抬起頭以最近距離看向那個傾身向自

己漸漸逼近的男人，如果發生在平常或者換成是那些女學生們，都可能會被盯到害羞，但現在的他只覺得冷汗直流。

對方的表情透出毫不掩飾的威脅意味。

「你知道這裡是禁止養寵物的吧？」

「我、我知道……」

「你知道如果有人知道我養貓的話，我的貓會有什麼下場的吧？」

「我、我知道……」

「會有什麼下場？」

Nam 想問他為什麼要逼問自己，自己明明沒做錯任何事，但如果他真的說出口的話，這位帥氣學長的親衛隊肯定會殺了他。

「下場是……學長必須把貓養在別處，並且支付罰金……」

「嗯，知道就好，既然我的祕密被你知道了，那該怎麼處理你比較好呢？」Kim 大聲地問道，接著勾起 Nam 的下巴強迫他對上自己的視線。

Nam 看出了他眼裡些許的擔心，猜想他可能只是不想讓祕密被曝光而已，因此輕聲地開口：

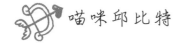
「我……我可以提個建議嗎？」

「說。」

「讓我走吧！學長，我什麼都沒看到，而且我發誓我會守口如瓶，只要我一走出這個房間就會忘記剛才所看到的一切。」Nam 突然一股腦像連珠炮似地開口，因為他想平安走出這間房間，所以盡全力地掙扎。

「你確定？」帥氣的男人瞇細了雙眼，臉上寫著「如果你敢去打小報告，我就要你好看」的威脅神情。

「我、我確定而且肯定！你就放過我吧，你知道的，在你房門前還散落一地垃圾，如果被別人看到了，你的鄰居會怎麼想？一定會認為你生活習慣很髒亂，所以先讓我去把門外的垃圾收拾收拾……」

Nam 的話讓他稍微停了下來，似乎正在思考他話中的可行性。

「也行。」

「呼。」Nam 頓時鬆了口氣，但他發現眼前的人仍然不動如山時，他又不由得摒住了呼吸。「那個學長……你如果不後退的話，我無法離開……」

「你叫我學長……」Kim 沒有正面回應他的話，只是逕自地思考著這個稱謂的問題，他像是想起什麼似地

繼續追問：「這表示你和我是同一間學校的，把你的名字、幾年級和科系告訴我。」

Nam 明顯一愣，但也只能乖乖點頭。

「好、好的……」

「要是事情敗露了我會去你們系上找你算帳。」

這明明不關我的事，為什麼要找我算帳？Nam 簡直無言到了極點。

「快說！」

「Nam，管理學院大一生。」一聽到他的怒吼，Nam 嚇得一縮，他困難地說出自己的背景，臉色慘白。

「學生證交出來。」

「哈啊？」

「把你的學生證交出來，我不會蠢到讓你用假名來騙我的。」Kim 沉聲地開口。

Nam 放鬆還不到幾秒的時間，又因為他的話再度害怕了起來，他被盯著很緊張，顫抖地拿出了皮夾並取出學生證，交給對方。

傳聞 Kim 身材高䠓、體型健壯、有錢，而且還很暴力，沒人敢招惹他，因為他很會打架。

「是我的學弟嗎？」Kim 接過那張學生證並掃了一

眼，接著將視線停留在他身上，盯著那個眼神裡寫著害怕的學弟。

「是、是的。」Nam連忙點點頭，收下了他歸還的學生證，當Kim同意他離開後，他做了一個深呼吸，然後毫不猶豫地起身。

雖然沒有人跟他說過Kim學長的雙眼很有魄力，但此刻，他深切地感受到了那股震懾力。

「那我先走了，學長。」

「喵……」

「嗯？」

就在Nam準備離開時，原本在沙發上的小貓立刻跳起來並擋住了門口，發出喵喵聲。

「怎麼了Candy？」

Candy？學長你不覺得這個寵物名很不符合你的風格嗎？雖然Nam很想吐槽，但他還是畏懼學長那對可怕的眼神而吞了回去。

當Kim正想抱起貓時，沒想到小貓突然蹲下……

嗯？

「嘿咦？」可愛的波斯貓突然在兩人面前留下一份禮物後，學長放聲大叫，而他們只能眼睜睜地看著解放

完後的小貓試圖揮爪來掩飾剛剛發生的一切，前後不到三秒的時間。牠抬頭看向一臉震驚的兩人，接著做了個可愛的臉，一副無辜樣便朝房間另一邊走了過去，好像沒發生過任何事。

「Candy！你為什麼不大在貓砂上？寵物店老闆沒教嗎？」Kim 不悅地開口，接著 Candy 跑去蹭了蹭他的腿，像在祈求原諒似的，直接融化了那張兇狠的臉，「好啦，不怪你了。」

Nam 瞪大了雙眼，看著那位上一秒還面露兇狠的學長下一秒居然直接變臉，為什麼自己還比不上一隻貓？剛剛可是差點就要被他眼神給殺死啊，學長也太寵貓了吧？

「呃，那我……」

Nam 緊張地吞口水，只見 Kim 揉了揉小貓的頭，聞聲猛然抬起頭來用低沉的嗓音說：

「你把那些留給我是打算浪費我的時間嗎？」

到底是誰在浪費時間啊！Nam 差點就要出聲吐槽。

「怎麼，你看起來很不服氣的樣子？」

「不……我沒有……」雖然他很想抱怨，但終究說不出口，只能接受自己的命運。他拿起 Kim 指著的那盒

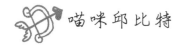
衛生紙，接著嘆了口氣，默默撿起 Candy 歡迎自己的禮
物。

「以後要好好地利用貓砂盆知道嗎？不然我會很
累。」

他居然說他很累？他明明什麼事都沒做！

Nam 瞥了一眼抱著貓的男人，那隻可愛的貓一直在
用臉磨蹭著主人，更重要的是牠的主人出奇不意地輕輕
笑了出來，那是他從沒看過的笑容。

比起學校女生喜歡那種憂鬱小生型的笑容，自己更
喜歡這種溫和的笑容。

「你看我幹嘛？」

「呃……我想問貓砂盆在哪裡？」Nam 有些慌張地
收起自己不經意飄過去的視線，在接收到對方的眼神
後，他連忙回道：

「為什麼要貓砂盆，丟馬桶裡。」

「不，我的意思是，如果放在貓砂盆裡的話，牠會
漸漸習慣那種味道，以後就會在貓砂盆排便了。」他匆

匆地解釋。

聞言，Kim 眉頭輕皺。

「是嗎？」

「啊……對啊，你不知道嗎？是第一次養貓嗎？」

「對啊。」Kim 迅速做出了回應，因為他忍不住覺得比起害怕的眼神，自己更想看到對方驚訝的眼神，「貓砂盆在這裡。」

Nam 跟在他身後走向另一扇開啟的房門，當學長推開那扇門時，他簡直不敢相信自己眼前所看到的。

那間臥室裡堆滿了和貓有關的各種雜物，這頭角落裡有五顏六色的逗貓玩具，另一頭角落則有著看上去就很好躺的貓床墊，一旁還放著貓跳台，連貓碗都備有好幾種尺寸。

「怎麼了嗎？」察覺 Nam 的不對勁，Kim 開口問。

「不……沒事。」Nam 搖搖頭，他走到貓砂盆前把排泄物倒進盆內後用砂子蓋上，然後走進浴室洗完手後便轉身走出房間，來到 Kim 面前。「學長，可以借一下你的貓嗎？」

「嗯。」雖然 Kim 看起來有點為難，但還是把懷裡的貓交給了 Nam。

Nam 將小貓放進貓砂盆裡，接著輕撫小貓並開口：「從現在開始必須在這裡上廁所懂嗎？Candy，不然環境會亂七八糟。」

「喵……」小貓聞了聞砂子後，像是理解一樣地喵了幾聲，抬頭用清澈的藍色眸子看著他，還不忘用頭輕蹭了 Nam 的手。

Nam 露出了笑容，清脆的笑聲讓站在一旁的男人愣了一下。

那抹笑容十分美麗，這是 Kim 腦海中浮現的唯一想法，當他看到 Nam 面帶笑意地抬起頭時，眼神柔和了不少。

「學長很喜歡貓嗎？整間房都是貓的東西。」

「沒有。」

「是喔？」Nam 口吻有些疑惑。

Kim 在他身邊坐了下來，輕揉著 Candy 的臉頰，讓牠蹭自己的手掌，原本凌厲的眼神融化了不少。

「我一眼就注意到在籠子角落裡的牠，當我低頭看牠時，牠就會像現在這樣，繞著我腳邊打轉，至於這間房子裡的東西，我三天前才買的。」

「三天？」Nam 瞪大了雙眼，簡直不敢相信自己所

聽到的，他才花了三天的時間就把房間布置得跟寵物店一樣？

「怎麼了？」他震驚的口吻讓 Kim 的眼神又銳利了起來。

「不，沒什麼……我只是有點意外。」Nam 連忙搖頭，在對上 Kim 的雙眼時，他臉上又掛起剛才的銳利神情。

他承認自己有點後悔，因為自己的無心之舉讓這個高個子又再度恢復之前的嚴肅表情。

「再把你的學生證給我一次。」

剛才不是問過了為什麼又要再看一次？但 Nam 緊張地開不了口，所以即使疑惑也只能乖乖地拿出自己的學生證。

「學長，那是我的學生證！」當他看到面前的男人把學生證收進自己的褲子口袋裡時，Nam 忍不住驚呼出聲，但他接下來的話讓 Nam 忍不住瞪大了雙眼。

「從今天開始，你每天晚上都要來我房間報到，你住這裡對吧？所以應該很方便。」

等等，我每晚到這裡報到要幹嘛？

「學長，我不住這裡，只是剛好負責打掃的房間在

學長家隔壁，如果你是想講 Candy 的事，那我可以向你保證，絕對不會跟別人提起這件事，所以你不用扣留我的學生證。」Nam 越說越激動，他真的不懂為什麼自己得再度來這裡報到。

「你是清潔工嗎？」Kim 揚起半邊眉毛問道。

「是的。」

「那這樣很好，我僱用你照顧 Candy，帶牠去看獸醫、幫牠洗澡。至於薪水的話，我會算你時薪九千元，不足一小時的話以一小時算……」

「等等，學長，我還沒說我要接這份工作，再說了這裡禁止養貓的話，我要怎麼帶牠出去看醫生跟洗澡？這不就曝光了嗎？」Kim 話都還沒說完 Nam 就連忙搶著問。此時在他腦海裡的已經不是恐懼，只覺得……他就是個獨裁者。

然而，Kim 嘴角勾起一抹淺笑，他臉上的笑容看起來……很可怕。

「如果你不能來的話，我不會扣你薪水；如果你每個星期都來照顧 Candy 的話，就能賺到三萬六千元的薪水，要是超時的話我會再加工資給你，醫療費用我會另外付給你，可以嗎？」

九千？一個月就能賺到超過三萬元！

老實說這個薪水讓 Nam 很心動，因為他開出的薪水是自己目前薪水的三倍，但是……阿姨好心讓自己打掃她家，就算薪水條件不如學長開的，他還是不能丟下不管。

「不，沒辦法，我一個星期要去隔壁打掃三天。」

「那剩下的四天就能來了不是嗎？」

「學長！」Nam 驚呼出聲，「為什麼非要僱我不可？你可以用這個條件去找其他的清潔工。」

不要說是付薪水了，如果換成仰慕他的那些女生，就是不拿薪水都會樂意幫他工作。

「你就答應吧，我的祕密已經被你知道了，這麼做對我們雙方都好，我是在給你留退路。」看出了寫在 Nam 驚訝表情之下還有些許掙扎，Kim 難掩笑意，繼續說：「你的學生證還在我這裡，下星期就要考試了，如果沒有學生證就不能參加考試，還是你想要換一張新的？別忘了這星期會遇到國定假日，如果申請遺失得耗費好幾天……趕得上考試嗎？」

Nam 簡直不敢相信自己所聽到的，他覺得面前的學長身後彷彿長出了黑色翅膀。

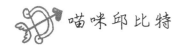

「至於今天，你可以先回去了，下星期一開始上班，別忘了收拾我房門前的垃圾。」

該死的，他簡直就是個惡魔！

Nam 神情恍忽地離開了 Kim 的房間後，帥氣的房間主人坐在寬闊的沙發上，眼神冷峻，腦海中浮現了剛才被自己逼著來工作的學弟離開前的表情，手指不經意地玩弄掛在脖子上的金戒指項鍊，略有所思。

「挺可愛的。」他喃喃自語道。

Kim 一開始並沒有仔細觀察這位學弟的臉，但當他在教 Candy 使用貓砂盆時，開始注意到 Nam 有著白皙的皮膚，棕色的雙眼十分有神，鼻子有些高挺，唇是好看的粉色，再搭配上棕色頭髮的襯托，Kim 不得不承認他看起來很可愛，但外表並非僱用 Nam 的原因。

只因自己不懂養貓，也不曾養過任何寵物，而 Nam 出現的正是時候。

「嗯？」Kim 低頭看著這隻兩個半月大的小貓，小貓跳了過來，直接趴在主人的大腿上，他的大手輕撫著

小貓。

「喵……」

「Candy 喜歡 Nam 嗎？」

「喵喵……」牠發出了輕柔的聲音，讓 Kim 溫柔地露出微笑。

那是迷倒校園裡其他女孩子的笑容，雖然目前只有 Candy 能看到。

「那個孩子很老實。」

「喵喵……」

「看起來應該可以信任。」

「喵喵喵……」小貓好像在回應著 Kim，還不忘舔了舔他的手。

Kim 臉上勾起的笑容逐漸上揚，明知道 Candy 不可能聽得懂人說的話，但還是想要得到牠的回應。

「我餓了，我們去吃飯吧。」Kim 讓貓跳下了自己的大腿，接著尾隨牠的步伐走進了那間貓房，臉上的笑意似乎怎麼也掩不住。

自從養了 Candy，他開始覺得這間寬敞的套房比以往都還要來得有吸引力，之前讓其他女人進房時總覺得很麻煩，但現在已經不再有這種感覺了。

　　然而 Kim 沒有想到的是，當這個被自己趕鴨子上架的學弟走進他的生活後，這間房間將會比以前更能帶給他快樂。

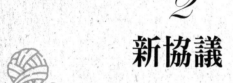

2
新協議

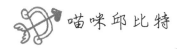

「唉。」

「Nam 你怎麼了？」Nam 的好友 YongGwang 一走進這間半圓型講台的教室就看到他在嘆氣，並盯著筆記本不發一語，於是走到他身邊坐了下來，湊了上去問道，「幹什麼？又在算學費了嗎？我不是說了如果不夠我可以借你，你就不用還得找兼職的工作去做啦。」

「我現在這個與學費無關，你知道我幫媽媽的好友打掃房間，就夠維持每個月的開銷了。」

「既然如此你幹嘛坐在這裡嘆氣，還打開了你的記帳本？」YongGwang 好奇地問道。

Nam 趴了下來將臉貼在桌上，接著看向自己的好朋友，用不太確定的語氣開口：

「你認為一份每天只要輕鬆工作三小時，一週就能拿到九千元薪水的工作怎麼樣？」

YongGwang 聞言愣住，「怎麼個輕鬆法？應該不是什麼體力活吧？」

「嗯……養寵物之類的。」

「Nam 你是在做夢嗎？你去哪裡找到這種工作？」他大笑出聲，揉了揉好友的頭。

天底下能有多少富豪會願意為了寵物付那麼多錢？

這聽起來確實很像在做白日夢，只是面對好友的笑聲，Nam 並沒有生氣，只是再度嘆了口氣。

「一個不花錢就渾身難受的瘋子有錢人。」

「你說什麼？」YongGwang 聽不清楚他的咕噥聲，於是追問道，但 Nam 只是搖頭，然後轉了個方向將額頭貼在記帳本上，腦海裡浮現了那個瘋子有錢人。

學長是認真的嗎？

Nam 抬起頭來再次盯著記帳本上自己寫下的數字，接著又拿橡皮擦擦掉寫著一週九千元的數字，忍不住又嘆了口氣。

老師在這個時候走進了教室，讓他不得不闔上記帳本，將注意力集中在今天的課程上。

他希望學長真的只是在開玩笑。

如果 Nam 以為前一天學長說的話只是在開玩笑，那麼現在雙手抱胸出現在他們教室門外的學長算是推翻了自己的理論。

Kim 的到來，讓全班的女生瘋狂尖叫。

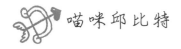

「Kim 學長是來找誰的呢？」

「天啊，哪個大一新生是那個幸運兒？」

「我聽說學長和前一個女朋友分手了，可能是有了新的對象。」

「呀呀——妳快幫我看看我妝有沒有花掉。」

班上的女學生在看到那位穿著白色牛仔褲搭深色短袖襯衫的帥氣男人走進來時，激動地紛紛私語，至於那位引起騷動的男人面無表情，好像一副不關他的事，犀利的雙眼掃向教室裡的人。

「大一新生今天在三樓的教室上課，你問這個嗎？」

「沒事。」

他腦海裡回想起當自己詢問朋友這個問題時，朋友回以不可思議的表情和反應，讓他果斷拒絕回答朋友丟過來的問題，之後便來到了大一新生的教室前方。

然而不同於班上其他人的反應，Nam 一看到那個帥氣男人出現時，立刻嚇得轉過身直接抓著身邊朋友的襯衫埋住自己的臉。

「你是看到了什麼？」YongGwang 對於好友異常的舉動不解地問。

「不⋯⋯沒有。」

是啊，Nam，你為什麼要躲起來？學長應該不是來找你的，他的目的應該是班上其他的女生，照理說也不會在大家面前跟你打招呼才是。

一思及此，他心中原本高懸的大石終於落下，鬆開抓住朋友的手，起身準備離開教室，打算逃去食堂，如果不是因為⋯⋯

「你明知道我是來找你的，還想落跑嗎Nam？」背後傳來一陣低沉地男聲，讓Nam嚇了一跳並怯怯地看向他。

「學長你是在等我嗎？」Nam臉上的困惑再加上眼底不明白的眼神，讓Kim眉頭輕皺。

「如果不是來找你的，我特地跑來一年級這層樓做什麼？你沒忘記前幾天說好的事情吧？」

Nam簡直不敢相信自己的耳朵，他口氣中帶著不解，「學長，你是認真的嗎？」

Kim愣了一下，他瞇細了雙眼看著面前學弟，接著嘴角微微上揚，那笑容讓人感到有些害怕。

「看來我們得好好地談談了。」話才剛落下，還沒來得及給Nam任何反應的時間，Kim一把拉住他的手腕轉身離開教室，而Nam只能被迫跟在他身後。

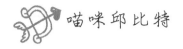

　　沒想到他們會有這樣的發展而且還一起離開，班上的女生們紛紛轉頭看向 YongGwang。

　　「你的朋友是怎麼認識學長的？」此起彼落的聲音讓 YongGwang 也有著同樣的不解。

　　是啊，他朋友到底是怎麼認識 Kim 學長的？

　　「學長，你速度慢一點，我快跟不上你了，慢一點、慢一點！」

　　Nam 跟在他後面氣喘吁吁，人高馬大的 Kim 步伐一步是自己的兩步，因此當他大步快走的時候自己追得有點辛苦，而且他不知道為什麼學長像是在趕火車似地拉著他跑。

　　老天爺真不公平，生了一雙小短腿給他。

　　驀地！

　　咚！

　　原本還在抱怨自己的小短腿追不上，卻因為學長突然停下腳步，導致小短腿煞車不及直接迎頭撞上，Kim 轉過身，低頭看向那位正揉著鼻子的學弟。

「你為什麼一直看著我的腿？」在注意到他的視線後，Nam 有些不悅地說。

「真的很短。」

該死的，學長居然敢取笑他？

本來想要反駁的情緒，在回想起昨天看過學長的那雙帶有壓迫感的目光，又全縮了回去，無法發洩心中不滿的他只好氣呼呼地別過頭去，鼓起雙頰以示不滿。

Kim 看著他逗趣的表情，不由自主地笑了起來，一開始因為對方不把約定當一回事的焦躁情緒，在此時已經消了大半，但並沒有完全散去。

「你是認為我在開你玩笑嗎？」

「不是。」再說了他只是抱持著懷疑的心態而已。

「哦？」

Nam 本來回嗆他，但看見對方那眉頭輕皺的神情後，立刻又把話吞了回去。

「你說要我照顧 Candy 而且每週要付我九千元，我覺得沒必要……」

「你覺得太少了嗎？」Kim 不解地看向他。

Nam 先是一愣，接著感覺像是被他羞辱般，抬起頭看向他，眼底寫著不悅。

「你到底是怎麼聽出來我認為錢太少？一週九千元，一個月不就有三萬六了？我知道你很有錢，但為什麼要把錢花在不重要的事上？你是在養貓，不是在養小孩！」

「這不是不重要的事！」

靠！

Nam 被他那低沉的咆哮聲嚇了好大一跳，視線不由自主地對上了 Kim，一開始宣洩而出的勇氣突然消失了，內心開始升起莫名地恐懼。

「Candy 只有兩個半月大，差不多是人類一歲多的小嬰兒，需要帶牠去看醫生、照三餐餵牠，我很忙，所以沒辦法在牠身上花太多的時間，你認為沒必要的東西在我眼裡很重要，不要把你的價值觀強加在別人身上。」

他沒想到自己一句無心之話竟會引起 Kim 這麼大的反應，在接收到對方兒狠的眼神時，他不由得顫抖。

「但是……我還是覺得這樣花太多錢了……」

Kim 嘆了口氣，表情有些失落。

「我不會照顧貓……不，應該說我沒照顧過任何生物。」

「嗯。」Nam 輕輕地發出了聲音，他能看得出來 Kim 臉上有著不安。

「老實說，我不知道要怎麼照顧小貓，我不知道該怎麼讓牠去使用貓砂盆，我也不知道該餵牠吃多少飼料，前幾天牠不喝水時我還直接打電話給獸醫，才知道飲用水要天天換，但就算我換了牠還是不喝，所以我覺得很沒有安全感，也看不出來小貓是在緊張還是害怕⋯⋯」

Nam 實在很難想像這些沒志氣的話，是出自那個平常在學校備受女生注目焦點的帥氣男人嘴裡，他就真的這麼擔心自己會處理不好嗎？

然而這樣沒骨氣的學長，他居然覺得⋯⋯很可愛。

「你笑什麼？」

「不，沒什麼。」當對方開口時，Nam 深怕對方會生氣於是恢復正經的臉色並搖搖頭，接著小聲地開口：「但我不太想收學長的錢。」

「Nam ！」Kim 生氣地開口喊了他名字。

「不，我的意思是說，我會去幫學長，但我不會收你的錢⋯⋯」

「蛤？」Kim 面露驚訝，看著他的神情有著不解。

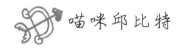

喵咪邱比特

　　「學長不用付薪水給我，我可以在幫阿姨打掃的那三天順道繞去幫你照顧小貓，如果你真的想付錢給我，可以等到我帶牠去看醫生或洗澡的時候再付就好，我想這樣比較合理。」Nam 邊說邊露出了燦爛的笑容。

　　他燦爛的笑容讓 Kim 不由得有些看呆了，意識到自己的失態時，他忍不住清了清喉嚨掩去自己的失態，接著開口問道：

　　「為什麼你不收我的錢？收了不是更能把工作做好嗎？」

　　「我不想占學長的便宜，雖然工作看起來很輕鬆。」Nam 搖搖頭，輕輕說道：「雖然薪水真的很吸引人，但我認為那和我的工作該收到的報酬不成正比，如果你是擔心 Candy 的話，就照我剛才說的，一個星期三天，順路經過時進去照顧，至於不收你費用，因為我主要是去幫阿姨打掃房間的。」

　　Kim 簡直不敢相信這世上居然會有人因為工作太輕鬆不願意收他的錢？

　　「你瘋了嗎？」

　　「我只是不想占學長便宜而已。」他皺了皺鼻子反駁道，再說了若要說瘋子，面前這個學長不是更瘋？

驀地！

「啊，學長你幹嘛？放開我！」

Kim 突然捏住了他的鼻子，讓 Nam 驚呼出聲，面前的人不顧他的抗議像個小孩般捉弄自己，而且臉上的笑意也漸漸加深。

為什麼學長要對他露出這麼燦爛的笑容？

「你的臉真奇怪。」

「呃……」Nam 張開了嘴，因為痛楚差點流出眼淚，看著那個還自己鼻子自由的人，他不明白為什麼對方會越笑越大聲。

「真的很奇怪。」

「我一點也不奇怪。」他虛弱地反駁道。

「紅鼻子、紅眼睛還不奇怪？」Kim 作勢又要抓他，他的手一舉起來就讓 Nam 立刻將手放在自己的鼻子上，雙頰感到一股熱氣。

「那是因為學長你太粗魯了。」

但他無法否認的是，他的心因為學長而跳動著。

這個想法讓 Nam 覺得眼前的學長看起來沒有那麼咄咄逼人了。

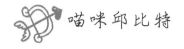

叮咚叮咚。

門鈴聲傳進了這間豪華套房裡，讓坐在房內正敲打著筆電寫報告的屋子主人揚起了半邊的眉毛，起身走向對講機，看見螢幕裡正按門鈴的來者，那張熟悉的面孔就站在門口。

可能連 Kim 自己都沒有察覺，此時的他臉上正笑盈盈。

「怎麼了嗎？」他從螢幕中觀察到站在外頭的人，臉色有些難看。

「學長還沒有把學生證還給我。」

光是聽聲音就知道對方現在很不爽，他雙手環胸，好整以暇地開口：

「你沒有讓我還給你。」

「好吧，那麻煩你現在把學生證還給我。」

Nam 的口氣和表情讓他臉上的笑容漸深。

「那你上來吧。」他接著按下了開門鍵，好讓那個似乎如釋重負的學弟進來，接著轉過身拿起他放在桌上的學生證。他自己也不知道為什麼要把學生證放在這

裡，沒有任何的原因，就只是下意識動作。

叩叩叩！

約莫過了幾分鐘，門外傳來了一陣響亮的敲門聲，Kim 起身去開了門，讓他意外的是，站在外頭的 Nam 身穿短褲和 T 恤看起來是新舊混搭，外表凌亂得看起來像是在上班尖峰時段擠上了公車，再被許多人推來推去才到達這裡的樣子。

「你看起來怎麼這麼狼狽？」Kim 低頭看向他，輕聲問。

「你認為是誰讓我變成這個樣子的？」

「你想說是因為我？」

難道不是嗎？ Nam 無聲地抗議，一個小時前的他回到家正打算為母親和弟妹準備晚餐時，突然想起自己似乎是忘記了什麼，直到眼光不經意掃到了教科書。

如果他沒有學生證要怎麼參加考試？這也就是 Nam 為什麼不論如何都要衝回這間公寓的原因。

「不是的……我是……」

「先進來吧，門開太久的話 Candy 會跑出去。」Kim 不讓他有追問的機會，伸手將他拉進房間，接著關上了門。

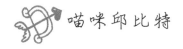

「喵……」

一聽到名字，就響起了貓叫聲，Candy 從另一個方向跳過來，接著蹭了蹭 Nam 的腿，他淺淺一笑，如果不是被學長威脅在先，他會很樂意天天見到這隻貓。

「小可愛你過得好嗎？」Nam 將牠抱了起來並圈進懷裡，Candy 發出了撒嬌似的叫聲，並且用牠那雙淡藍色的眸子看向他，前爪輕拍了他的臉頰，讓 Nam 忍不住用臉磨蹭牠的臉頰，「你餵牠吃東西了嗎？學長。」

看著面前的一人一貓，Kim 不由得有些發怔，但很快就回過神來。

「餵了，但牠還是不喝水。」

「我可以進去看看嗎？」

Kim 點點頭，在得到他的同意後 Nam 走進了之前拜訪過的貓房，他走到放在貓糧一旁的水碗，並停下腳步，輕輕放下 Candy。

然而 Candy 只是朝碗內聞了聞，用清澈的雙眼看向他並叫了一聲，讓 Nam 忍不住笑了出聲。

「牠不喝水只吃東西……該怎麼辦？」Kim 問，接著他看 Nam 將 Candy 放在水槽邊，然後打開水籠頭。

嘩啦！

　　只見小貓聞聲跳去了另一個方向，一開始不確定地伸出貓爪試探般地碰了幾下水，貓臉上寫著疑惑，但仍伸手拍了水籠頭流下來的水。見狀 Nam 輕笑一聲。

　　「Candy，喝點水。」Nam 用手掌舀起水來，並將盛著水的手伸到牠前方。Candy 輕嗅了一口，竟開始舔起他手中的水。

　　「為什麼牠開始喝水了？」Kim 來到 Nam 身後看著小貓舔 Nam 手掌的樣子，驚訝地開口。

　　「雖然沒有養貓的經驗，但因為之前曾遇過流浪貓，所以大概清楚牠們的行為舉止。貓咪都喜歡流水聲，如果開著水龍頭，牠們就會想嘗試舔水，我想 Candy 應該也一樣。」

　　Nam 因為 Kim 突然靠得很近而感到有些不好意思，一說完話後，他趕緊別過臉去，因為他們之間的距離近到他甚至能感受到 Kim 的氣息。

　　「那你是怎麼做到讓牠喝水的？」

　　「我就……」

　　「咕嚕咕嚕……」

　　Nam 話都還沒說完，只見 Candy 伸出貓爪準備撥水，但卻不小心滑進了水槽，又因為奮力地掙扎而發出

了咕嚕咕嚕的喊聲，讓兩人嚇了一跳。

「Candy！」當小貓浮出水面時，Nam 驚叫連連，然後渾身濕透的小貓驚慌地跑出了浴室，往房間的方向奔去，「學長！快抓住牠，不然你的房間會濕一片。」

聞言 Kim 連忙站起身跑出去追貓，但貓卻跟主人反其道而行，一人一貓上演了一場你追我跑的戲碼。

「Candy！別動！」Kim 不悅地開口，但小貓不理會他的怒氣，甚至還跳到了床上，試圖在棉被上甩乾自己身上的水。

Kim 見狀用力地跳往床的方向，Candy 一臉驚恐地跳開，跟在後頭的 Nam 舉起了雙手準備撲向牠，但卻沒有注意到地上的濕滑，再加上因為加速小跑，導致重心不穩地直接往倒在床上的 Kim 撞了過去。

「啊！」

砰！

「靠！」Kim 感覺到一個東西朝自己飛來，他被擊中只能再度倒回床上，雙手下意識地扶住了那個衝過來的人。

Nam 因為害怕疼痛而閉上了雙眼，等到回過神來，才發現自己撞上了一堵肉牆，而那堵肉牆的主人甚至還

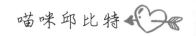

用手環住了他的腰。

　　撲通！撲通！撲通！

　　兩人之間的距離近得能清楚聽見彼此的心跳聲，慢慢睜開眼的 Nam 才驚覺自己的唇差點就要吻上 Kim 的臉頰，而 Kim 仍然維持原本的姿勢，沒有要避開的意思。

　　任誰都沒想到，他們有一天會靠得這麼近。

3

你是個
固執的主人

豪華的房間裡非常安靜，彷彿連一根針掉下來的聲音都聽得見，Nam 瞪大了雙眼，嘴唇仍停在對方的臉頰上，他似乎可以感覺到自己的心臟都快跳出胸膛了。

「那……那個……」Nam 花好一會兒才找到自己的聲音，面對現在這尷尬的情況他不知如何是好。

「重死了。」Kim 只是不悅地回了這句，見他還沒有任何反應，繼續說：「你還不起來嗎？」

Nam 聞言連忙跳下床，以最快的速度退到床的另一邊，手指下意識地撫上自己的嘴唇，臉上染上一絲羞赧的紅暈。

他不敢相信剛剛和學長靠得這麼近！

在意識到似乎是經歷了一段驚天地泣鬼神的突發事件後，Nam 的臉紅得像煮熟的蝦子，甚至不敢直視房間的主人，只能將頭轉向其他地方，接著就看到造成這一切的兇手。

「Candy，過來。」

「喵……」Nam 一開口，小貓馬上乖巧地跑了過來，他彎腰將牠抱進懷裡，然後輕撫牠身上被水浸濕的毛。

「還想著要逃跑嗎小傢伙？真是笨手笨腳。」Kim

邊笑著將 Candy 接了過來，長腿走向角落折好的毛巾堆前方，隨手抓起其中一條蓋在 Candy 上，並為牠擦乾身體。

Kim 的樣子看起來很正常，彷彿剛才的事情完全沒有發生過，Nam 不由得感到些許的失落。

不不不，Nam 你在想什麼啊？你希望學長能有什麼反應？倒是你自己臉紅什麼勁啊？不要像個情竇初開的少女一樣好嗎！

Nam 搖搖頭甩開腦海裡的想法，接著站了起身，輕聲開口：

「那這樣的話，我先走了。」

Kim 看了他一眼，語氣中透著一絲困惑。

「先擦乾 Candy 吧，是你把牠弄濕的。」

「那是牠自己滑下去的，學長。」

雖然他嘴上是這麼說，但還是拿起了毛巾幫 Candy 擦乾身體，雖然中途惹得小貓不快地抗議，但還是順利完成，接著他看到 Kim 起身準備走出房間。

「學長，請把學生證還給我，把 Candy 擦乾後我就打算回去了，這樣也不會打擾到學長。」Nam 開口說道，他的雙頰仍殘留著剛才的紅暈，他對自己方才那些

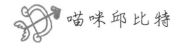

莫名的想法感到有些自我厭惡。

　　然而，這次 Kim 轉過身來，卻對他說：

　　「我送你回去。」

　　「咦？」

　　「我說我送你回去，時間已經很晚了，現在捷運上的人一定比你剛才來的時候還多。」Kim 口氣不耐煩地丟下這句話後便走出了房間。

　　Nam 先是一愣，接著感到內心一陣溫暖，嘴角不自覺地勾起一抹微笑。

　　「其實你的老闆很善良的，對吧 Candy？」

　　「喵喵……」小傢伙清楚地回應，接著用頭去蹭了 Nam 的臉，讓他臉上的笑容漸漸綻開。

　　「學長真的很善良。」

　　與此同時，走回房間的 Kim 抓了抓頭髮，眼裡閃過一絲驚喜，腦海中不自覺浮現了剛才發生的那一幕，不知道為什麼，他意外發現抱著學弟的觸感很好，那股氣息甚至還殘留在腦海裡揮之不去。

為什麼他會有這樣的感覺？

Nam 個子不高，下巴尖尖的，當自己抱著他時，Kim 才驚訝地發現，他比想像中還要更瘦一些，腰也很細，差不多是自己單手就能環住的寬度，當 Nam 躺在自己身上時，他甚至可以聞到屬於他身上的獨特氣味。

居然讓他感覺到心跳加速……

「我怎麼可能喜歡上男人。」Kim 喃喃自語，試圖想要平緩紊亂的心跳，接著他邁開長腿，走向書桌拿起了 Nam 的學生證、錢包及車鑰匙，因為自己說過了要開車送他回家。

老實說有點同情他，畢竟讓他那麼瘦小的身子如果再回去擠捷運的話，肯定會被壓扁的。

「前面請左轉。」

豪華跑車內沒有任何的聲響，除了 Nam 為 Kim 指路的時候，其餘時間讓他感到如坐針氈，雙手只能放在膝蓋上大氣不敢吭一聲，怕自己說出什麼讓學長生氣的

話，再說了，他身上破破爛爛的衣服和學長的車一點都不搭。

「是前面的房子嗎？」

眼前的小巷盡頭有一棟房子，但巷子狹窄到根本無法讓車開進去，Kim 眉頭輕皺了一下，不過仍然耐著性子將車停在巷子口，接著看向正匆忙解開安全帶的學弟，帶著慌張的神情快速下了車。

「謝謝學長送我回來。」Nam 像是想起什麼似的回頭向他行禮，然後輕輕將門給關上，只是他不知道自己是否應該繼續站在這裡等待對方離開，還是直接轉身進屋裡。

「Nam。」另一側的車窗被搖了下來，Kim 俯身靠在副駕駛座上，開口問道：「你是不是忘了什麼東西？」

「啊，怎、怎麼了？」他臉上有著困惑的神情。

Kim 輕笑出聲，晃了晃手上的學生證。

Nam 瞪大了眼，因為這一路上太過緊張，竟然忘了自己專門跑這一趟的目的就是為了取回學生證。

「呃……學長……那是我的……」

「Kim。」

「什麼？」Nam 疑惑地看向學長，自己正伸手準備拿回學生證時，對方卻反倒將手縮了回去，還沒頭沒尾的突然冒了這句話。

「叫我 Kim 就行，不要叫學長。」語畢 Kim 將學生證交到他面前。

Nam 接過了自己的學生證，臉上露出了不可置信的眼神，隨後連忙將學生證收了起來。

「好、好，Kim。」

似乎是得到了滿意的回應，Kim 點點頭示意後便關上了車窗，駛離了那裡。

Nam 只能看著那輛高級跑車消失在路的另一端，他自己則過了許久才回過神來。

他不會不知道當一個人想改變彼此間的關係時，就會先改變稱謂。

「如果被他的親衛隊知道了，應該會想殺了我吧。」Nam 小聲咕噥。

腦海裡回想著剛才在學長房間的親密接觸，他下意識地將手指放在嘴唇上，微微一笑。

他無法否認這樣的改變很好，自己甚至有些喜歡上了現在的變化。

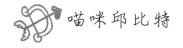

「Nam，你現在可以告訴我你是怎麼認識 Kim 的吧？」

「唉，就只是因為他撿到了我的學生證，僅此而已。」

「真的只有這樣？」

「當然，不然你覺得他會對我有興趣嗎？」

「應該不會，他對男人應該沒興趣才是。」

早上，Nam 的前腳才剛踏進教室，班上的同學就立刻蜂擁而上，圍著他問一堆問題，他們都很想知道，為什麼那位帥氣的學長昨天會突然出現在的他們教室。Nam 一開始並沒有選擇老實說出詳情，雖然說謊讓他有點過意不去，但同學們實在是太煩了，於是他開始更流利地撒起謊，明知道這麼做不對，但如果能有效的阻止他們繼續纏著自己的話，倒也不是一個壞方法。

「那就對了，他不可能對我有興趣的。」Nam 的自我解嘲讓同學忍不住笑了出來。

「也是，他不可能會關心你。」

「那是當然的。」Nam 臉色波瀾不驚，只是當他這麼回應時，不知道為什麼內心有種莫名的沮喪。

他不太喜歡這種感覺。

「是說，妳知道學長現在人在哪裡嗎？」Nam 彷彿想起了什麼而再度開口。

「怎麼了嗎？」一位纏著他問問題的女同學好奇地看向他。

「我只是想去表達一下謝意而已，因為沒有學生證的話我就無法參加考試。」他讓自己的語氣顯得平靜，因為他不想讓她們懷疑自己的目的。

「學長在籃球場上，你不知道學長最近熱衷於打籃球嗎？」

聞言，Nam 突然內心一陣刺痛，他真的不知道，倒不如說，自己對學長的行徑完全沒有掌握。

在內心輕嘆了口氣，他終於脫離了那群學長親衛隊的視線，趕緊揹起了自己的舊背包，裡面裝著要送給學長的謝禮。

「我只是想感謝他昨天順道載我回來而已。」他做好心理建設後便往體育場館的方向走去。

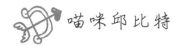

　　Nam 覺得自己做了一個錯誤的決定，本來打算把禮物交給學長後就離開去用餐，但越往裡面走，他越能感覺到那些親衛隊們的可怕氣氛。她們全都擠在一旁，目不轉睛地看著在籃球場上汗流浹背，正進行激烈比賽的人群。

　　「難怪這裡有這麼多女生。」Nam 看向那位眾人注目的焦點，喃喃自語。

　　那個人是學生會長、是校內女生心中的白馬王子、是個名人、是射擊部的部長，這些稱號全都是屬於Kim。

　　Nam 的目光不由自主地停留在那位運球的男人身上，即使面對另一隊選手的貼身防守，他仍以一記漂亮的轉身突破，隨後迅速地找到空檔出手投籃。

　　「呀啊——」

　　那顆三分球入網，立刻引起女學生們的尖叫，歡呼聲迴盪在整個體育館裡，然而，吸引 Nam 的不是那帥氣的投籃動作，更不是那連球衣都遮不住的好身材，而

是他臉上那抹自信又輕鬆微笑。

　　就只是一個簡單的微笑，雖然和在面對 Candy 時的笑容不同，但 Nam 仍然莫名的感到心跳加速。

　　「這個給你。」

　　身後傳來一道女聲讓 Nam 下意識地轉過頭，只見一名長髮美女拿著一個被精心包裝過的便當盒，在眾人的驚呼下朝 Kim 走了過去。Nam 握緊了自己懷裡原本要送給學長的禮物，眉頭微微蹙起。

　　他不懂為什麼自己會下意識地把自己和那位美女拿來做比較。

　　Nam 站在原地不動，直直地盯著那位正和學長交談的女學生，如同他所預期的，她將手中的便當遞給了 Kim。

　　「哇，看起來很好吃的樣子。」Kim 還沒回話，反倒是他身邊的隊友先開口揶揄。

　　「妳是特地做來送給 Kim 的嗎？」

　　「Kim 如果你不收下的話，我就要拿走囉～」

　　隊友的玩笑話讓女子感到有些尷尬，但她仍抬起頭來看向 Kim。

　　「謝謝。」簡單的道謝和微笑讓那女生臉上浮現了

紅暈，她連忙低頭快步跑回朋友身邊，臉上藏著掩不住的喜悅。

那副光景讓 Nam 感到有些不是滋味。

還是別自討沒趣了，Kim 是不會想要他送的禮物。

Nam 像是在自嘲般地笑了笑，既然對方都已經有人送了便當，那他也不需要再多這份雞婆，還是留下來自己吃吧。

正當他準備默默離開時，身後傳來了熟悉的聲音。

「Nam ！」

該死的！

Nam 發誓，當 Kim 大聲喊著自己的名字時，他可以感覺得到全體育館的目光瞬間集中在自己身上，那位聲音的主人小跑步來到了自己面前，臉上帶著驚訝，體育館裡的女生目光都跟著他移動。

「你怎麼會來這裡？」

「呃……」Nam 不經意看向另一個女生投射過來的視線，忍不住渾身一顫，從她們的神情不難看出她們很意外，意外為什麼 Kim 會朝自己走來。

「別告訴我，你想取消我和你之間的約定。」

「不……不是的，」Nam 迅速地搖搖頭，將懷中的

包越抱越緊，但 Kim 看著他的眼神卻依舊銳利，彷彿在催促他快點說出來這裡的目的，「老實說，Kim，我好像快被你粉絲的眼神給嚇死了。」

Nam 直截了當的話讓 Kim 原本懸著的心再次放下，能看出他此刻地緊張和不自在，讓他忍俊不禁。

Nam 嚇得全身直發抖。

「好吧，我知道了，過來。」Kim 拉起那隻像是誤入叢林的小白兔，大步朝體育館後方走去，不用多說，Nam 就知道此時此刻在館內的所有人都看著自己。

等到兩人來到了體育館後方，Kim 這才轉過身，揚起半邊的眉毛看向他。

「說吧，來找我有什麼事？」

「呃……我有東西想給你。」Nam 打開了懷中的包包，臉色有著不自在，即使如此他還是拿起了原本打算給 Kim 的東西，「這些麵包是鄰居分給我的，因為我每天早上都會去鄰居家幫忙，麵包都是我自己親手做的，本來想把這些分給你，算是昨天你送我回家的謝禮，

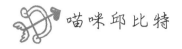

啊……但你不會想吃的吧？」

　　Nam 不會傻到不知道，一般人面對手工麵包及精緻的便當會選擇哪個。

　　「為什麼你會認為我不想收？」

　　「因為你看起來不會像想吃這種便宜貨。」

　　「既然你覺得我不會想吃，為什麼還拿來給我？」Kim 沉聲地開口，然後在看到他臉上的蒼白時，輕輕嘆了口氣。

　　Nam 被他嚇得回不了話，只能將麵包塞回自己的包裡，然後開口向他道歉。

　　「對、對不起！如果你不吃的話，我就收……」他話都還沒說完，Kim 就將手伸到他面前，換來 Nam 不解。「怎、怎麼了？」

　　「你不是要送我吃的？為什麼又收起來了？給我啊。」

　　「可是……」

　　「你說了要送我的。」Kim 的口氣有著平穩。

　　Nam 不敢和他爭辯，只能將麵包給了他，臉色有著遲疑，還不忘補了一句：「如果你不想吃的話……」

　　「你到底要不要送我？」

「要、要送……」

「就這樣，我收下了，」Kim 看著他拉起背包拉鏈，正準備轉身走回體育館時，又像是突然想起了什麼，開口說：「考試結束後來我家一趟，要帶 Candy 去看醫生，所以你也要跟我一起去。」

看著 Kim 不等自己回應就逕自走進體育館，Nam 過了半晌才反應過來。

「當初不是說好，只在打掃阿姨房間的日子才去嗎？」他心想，還是他擔心自己沒有時間念書？

Nam 不解地搔搔頭，接著準備走回教室，內心暗自祈禱 Kim 不會把那袋麵包丟進垃圾桶。

「那孩子是誰？」

Kim 一回到體育館，好友 WonHee 急忙開口問道，他只是聳聳肩沒有正面回應，接著將手中的麵包放在桌上。

「你讓那孩子買的？你不是不吃麵包嗎？還是他想追你？」好友 WonHee 繼續追問。

「這是他自己做的。」Kim 嘆了口氣。

「親手做的？」

雖然好友知道自己不吃這種麵包，但只要一想到那張蒼白和畏縮的臉，他就忍不住笑出來，並打開了袋子拿出一塊麵包準備入口，這時後頭傳來了聲音。

「嘿咦，Kim 你哪來的麵包？也分我一個！」

球場上傳來朋友們吵鬧的聲音，準備伸手拿麵包時，Kim 卻一把將袋子搶了過去，一副不准他們碰自己的所有物。

他的好友們紛紛感到納悶，因為一般情況下，當 Kim 從女生那裡拿到禮物或貴重物品時，他們都能分到一杯羹，但不知道為什麼這次卻一反常態。

「去拿別的吃，那裡不是有很多？」Kim 口氣明顯不悅，於是朋友們便放棄順手拿好康的念頭，但還是忍不住好奇心，開口問：

「難道你喜歡上那個男孩？」

Kim 沒有正面回應，只是聳聳肩，並咬了一口麵包，發現那麵包比想像中好吃。

他不知道為什麼自己會拒絕將麵包分享給朋友，他只知道，這是 Nam 特地「為了自己」做的麵包。

4

主人只是想要
一個吻

期中考結束後，此時此刻的 Nam 站在距離大學很遙遠的一間大型診所前，他手裡拿著小貓的健康檢查日記。一旁身穿深色襯衫的 Kim 正抱著 Candy，牠緊緊地挨著 Kim，看起來很緊張的樣子，當路邊卡車經過時，牠被嚇得汗毛直立。

「沒事的 Candy，只是噪音而已。」Nam 輕聲安撫著他懷裡的小貓，一邊輕撫牠柔軟的毛，隨後抬起眼看向 Kim，「你都是帶牠來這間的嗎？」

「是的，來這裡很方便。」

「為什麼要找離你家那麼遠的診所呢？」Nam 放下了檢查日記問，但他的問題卻讓 Kim 搖搖頭。

「要是距離太近，不就被人發現我養貓了嗎？」Kim 打開車門接著發動車子，後方的 Nam 只能輕輕嘆了口氣，也跟了上去。

他身上穿著泛白的 T 恤和牛仔褲，肩上還揹了一個有些破舊的背包，怎麼看都不像是會坐進這輛豪華跑車的人。

「你杵在那裡幹嘛，進來啊。」

「啊，好、好的。」他聞言連忙走進了車，下意識地看向駕駛座上那個正在撫貓的男人，內心感嘆這男人

長相實在太過帥氣。

　　那專注開車的側臉真的很迷人，他終於明白為什麼學校裡的女生會為之瘋狂。

　　Kim 的手放在方向盤上，冷峻的雙眼專注地盯著前方的道路，Nam 偷偷瞄了一眼，莫名地感覺臉頰一片熱。

　　「醫生說下次要帶去驅蟲，對吧？」

　　「啊，是、是的，三天後要帶回去驅蟲。」

　　「但那天我正好有一場籃球比賽。」Kim 用眼角的餘光看了他一眼，口氣沒有任何起伏，他相信 Nam 應該明白自己想表示什麼。

　　「所以是要我帶牠回診嗎？」

　　「是的，我會給你薪水，你能帶牠回診嗎？」

　　「好的。」

　　Nam 的話落下後，車內又陷入一片寂靜，Kim 沒有開口，而他也不知道要找什麼話題，只能默默地撫摸著躺在自己腿上的貓。慢慢地摸頭、輕撓下巴，然而……

　　「很好吃。」

　　「什麼？」他不懂地看向對方，對上了 Kim 有些兇狠的視線，還在納悶他為什麼沒頭沒尾的突然來一句

時，對方繼續說道。

「那天的麵包很好吃。」

他睜大雙眼！

「你吃了？」

「你不是做給我吃的嗎？」

Nam 簡直不敢相信自己的耳朵，內心因為 Kim 的話而感到一陣雀躍，原本以為學長會丟掉麵包，沒想到他居然會願意吃。

「以後再給我做吧。」

他是不是聽錯了？學長居然還想再吃自己做的麵包？Nam 忍不住盯著正專注開車的 Kim，甚至懷疑學長現在臉上那不自在的神情是不是自己看錯了。

「我會再給你做的。」Nam 低頭對小貓露出笑意，耳邊傳來的是學長有意無意從喉嚨發出的應和聲。他從沒想過和學長的獨處可以如此的美好，連從診所到回學長家的這段路也能過得這麼開心。

「你是怎麼把貓抱上車的？」

當車在公寓前方停下時，Nam 此時才想到這個問題，早上碰面時他都沒想過 Kim 是怎麼把 Candy 從房間帶上車而不被別人察覺的？

Kim 回頭看了他一眼，然後指著身上的大運動外套。

「蛤？Kim 你是認真的嗎？」只見 Kim 抓起了自己的貓，將小貓塞進外套裡並快速將拉鏈拉上，Nam 忍不住驚呼出聲。「別跟我說你是這樣帶下來的。」

「是啊，不是很方便嗎？」他一派輕鬆地回道。

Nam 簡直不敢相信自己的眼睛，一下車後他下意識地抓住 Kim 插入運動外套口袋的手臂。

Kim 將 Candy 藏在衣服裡，利用插口袋的雙手托住小貓，原來學長竟然是這樣把小貓帶出公寓的。

感覺到來自 Kim 的視線，Nam 立刻鬆開抓住他手臂的手。

「你跟我回去，不就知道我是怎麼把 Candy 帶出來了嗎？」

「就算小貓再怎麼小隻，你都不能這麼做，而且要是等牠再長大一點了，你還要繼續用這樣的方法將牠帶出去嗎？」

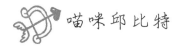

Nam 的話讓他嘆了口氣。

「我不是傻子，Nam。」

「那你……」

「我說過了我會告訴你怎麼做，所以你就閉上嘴巴跟我來。」Kim 看了一眼那個帶著幾分不滿的學弟，接著邁開步伐繼續走去。

Nam 只能加緊腳步跟了上去，因為自己實在無法抵抗他。

他們兩人順利地來到了電梯的前方，一路上似乎都沒人發現 Kim 懷裡藏了一隻貓，正當 Nam 一顆懸著的心準備放下時，另一邊傳來了聲音。

「請稍等。」

該死的！該不會被發現了？

剛剛 Kim 的舉止行徑一切正常啊？Nam 連忙轉過身看向聲音的來源，而警衛聞聲也急忙按下電梯開門鍵，原來是一位提著大包小包的中年女子，只見她快步走進電梯內，Nam 下意識地往後退，站在 Kim 身邊。

電梯門關上後，Nam 感覺到壓力持續上升，站在他身邊的 Kim 臉色有些難看，他只能暗自祈禱在 Kim 外套裡的 Candy 不要在這個時候發出聲音。

　　Nam 下意識地看向 Kim 肚子鼓起來的地方，然而事情並未如他所願，只見小貓拚命用前腿往上爬，毛茸茸的小腦袋漸漸從運動外套的拉鏈口冒出來，Kim 先是眉頭輕皺地伸手輕推了推小貓，但小貓似乎不肯合作。

　　「喵……」

　　Nam 瞪大了雙眼，回頭看向發出聲音的來源，電梯另一頭的女子一聽到奇怪的聲音立刻驚訝地轉過了身。

　　「哦！天啊！」女子尖叫出聲，她看著面前高大男子以迅雷不及掩耳的速度摟住了另一位身材瘦小的男人，接著作勢要低頭親吻對方，她臉上泛起潮紅，但面前的兩人似乎不怎麼在意。

　　叮！

　　當抵達指定樓層後，女子馬上衝出了電梯，還不時因為忍不住好奇心而頻頻回頭看，只是電梯裡相擁的兩人仍維持一樣的姿勢。

　　「我的天啊，現在年輕人都這麼開放的嗎？」

　　電梯門再度被關上，室內只剩一片寂靜，Nam 全身僵硬地站在原地，當 Kim 俯身時他緊張地閉上了雙眼，感覺到對方的氣息撲面而來。

　　因為靠得太近，讓他能近距離欣賞那對深邃的雙眼

及濃長的睫毛，還有那個隨時一動就可能碰到的高挺鼻子，更重要的是，他們差點就要吻上去了。

Kim 站在原地欣賞全身發抖的學弟，他臉頰泛起潮紅，雙眼閉上似乎正在等待自己的吻落下，表情十分誘人。

「Kim……」

Nam 帶著有些顫抖的聲音開口，並睜開了那雙染上一層薄霧的雙眼，這讓 Kim 壓抑不住內心異樣的感覺，臉不由自主地再次朝他靠了過去。

叮！

電梯抵達樓層的聲音打斷了兩人，Kim 回過神來快速地走出電梯，半開玩笑地開口：「你該不會真的以為我會吻你吧？那是什麼奇怪的表情？」

「我不認為你會想吻我，但你為什麼要這麼做？」Nam 聲音仍止不住地顫抖，似乎還在平復自己的心情。

「如果我不這麼做的話，她會看到 Candy。」Kim 拿出鑰匙打開了房門，沒好氣地回道，但 Nam 卻覺得自己好像被他欺負了。

「你可以選擇用其他方法的，Kim。」

「你要我用什麼方法？」Kim 轉過身看向 Nam，但

他像是被定住一樣說不出話來。Nam 不得不承認自己現在停止運轉的大腦，只因為面前的這個身影讓他回想起剛才在電梯裡發生的事。

「就……別的方法。」

「所以我不是在問你要用什麼方法嗎？還是你想要我直接吻你？」

他的話一落下，Nam 下意識地連忙用雙手摀住自己的嘴，搖搖頭否認。

不知道為什麼，看見 Nam 慌亂的反應，可以猜想到他可能沒有初吻的經驗，而察覺到這點的 Kim 莫名感到心情愉悅，接著將他拉進房間，關上門後脫下運動外套，放那個罪魁禍首 Candy 重獲自由。

「喵喵……」Candy 似乎沒有意識到那兩個人的變化，逕自逗弄著地上的玩具球。

Nam 看著 Kim 的背影，在內心暗自要反駁到底。

「怎麼了，說不出話了？」

「好吧……我想不出來。」

Kim 聞言露出了好看的笑容，他好整以暇地看著 Nam 從面前走了過去，蹲在小貓身邊。

「千錯萬錯都是你的錯，Candy。」Nam 故意降低

了音量，但仍不忘用以 Kim 也能聽到的聲音說道。

「你是在責怪我的貓嗎？」

「不，我是在說我自己。」他知道 Kim 不會喜歡有人指責他的貓。

「你分明就在怪 Candy。」

「不、不是的，Kim，你不能汙衊我。」Nam 輕聲地反駁道。

「你沒有嗎？」

「我沒有。」

「你是想跟我繼續爭下去？」

「誰敢跟你爭論。」Nam 低下頭，小聲地開口。

「像 Nam 這樣的普通人，是不敢和偉大的 Kim 學長爭論的。」

Nam 聞言有些不悅，他不懂為什麼 Kim 要這樣話中帶刺，然而，當他抬頭看向說話對方時，卻沒想到出乎意料的事發生了。

「噗⋯⋯哈哈哈⋯⋯噢，天啊，你實在太有趣了 Nam。」

Kim 居然笑了！

那個大個子的笑聲很響亮，眼底還閃閃發著光，看

著他臉上的笑意，Nam 不由得感到心跳加速。

Kim 笑起來明明就很帥氣，為什麼老是喜歡扳著一張臉。

當視線對上了 Kim 時，Nam 立刻將臉別了過去，他感覺到自己心跳的有點快，與此同時，他注意到了房間的凌亂。

「為什麼你房間這麼亂？」

沒想到他會突然改變話題，Kim 只是聳聳肩，隨意掃了一眼四周，一副滿不在乎的模樣。

「打掃的人只有在假日時才會過來，所以我就這樣放著了。」

Nam 聞言眉頭輕皺，他敢保證第一次進到房間時，還沒像現在這樣亂糟糟的。

「我以前有請過打掃阿姨幫忙整理，但覺得不太放心，如果她進來打掃很可能會發現我養貓的事，擔心洩露出去，所以我後來找了個認識的人來幫忙清潔，不過對方住得比較遠，一星期只能來一次。」Kim 坐在沙發上解釋道，並對著小貓拍了拍自己的大腿，那隻聰明的小貓立刻跳上了主人的大腿，讓主人搔搔牠的下巴。

Nam 聞言陷入沉默，他猶豫了片刻後開口：

「我可以多問一件事嗎？」

「什麼事？」

「所以……你女朋友知道你在養貓嗎？」

Kim 聞言蹙起眉頭，看著他的眼神變得尖銳。

「我沒有女朋友。」

「呃，所以那些被你帶進房間的女孩們……呵呵，我好像知道得太多了。」當 Nam 被對方瞪了一眼後，露出一抹尷尬的笑容，走向另一邊的單人沙發上坐下。

「你在隔壁工作多久了？」Kim 沒有順著他的話繼續下去，反而是開啟了新話題。

「一年多了。」

「那這麼說的話，你從很久之前就知道我了？」Kim 伸了個懶腰，而 Candy 就趴在他懷裡，他看著點頭承認的 Nam，繼續說：「那些女生並不是我的女朋友。」

「蛤？」

「哈哈，你看起來一副很驚訝的樣子，」Kim 大笑出聲，「我從來沒交過女朋友，我只是想試試自己能不能和她們好好相處而已，這讓我發現，即使她們躺在了我的床上，我也沒有想抱她們的衝動。或許你會感到很不可思議，但她們從來沒有讓我產生想去珍惜或感受的

想法。」

　　Nam 陷入了沉默，他看著那位在逗弄小貓的大個子，不知道為什麼，從他的口氣中感到了⋯⋯孤獨。

　　一個只要輕輕勾手就會有一群女生衝上去的風雲人物，居然會感覺到孤獨嗎？Nam 為此感到很不可思議。

　　「更何況我現在心思都放在 Candy 身上，也沒有多餘的力氣去煩惱其他人，或者讓別人來打擾我的生活。」

　　「你真的很喜歡 Candy。」還記得 Kim 說過當初會想買下這隻貓是因為一開始窩在角落的牠，在看到自己時走了過來並在腳邊打轉，他立刻就決定買下這隻貓。

　　「是的，不是嗎？Candy，我真的很愛你喔，對吧？」

　　「喵喵⋯⋯」像是在回應他的話，小貓立刻喊了幾聲，牠趴在 Kim 的肚子上，將四肢攤開，Kim 則抓著牠的爪子把玩著，隨後和 Nam 對上了雙眼。

　　「或許我和牠一樣吧⋯⋯都是想找一個真正屬於自己的人。」

　　這次 Nam 從他的眼神裡明明確確地感受到了寂寞，雖然他還是沒能理解，為什麼像他這樣的校園風雲

人物會覺得孤單？

「你還可以有更多的選擇。」Nam 開口說道，Kim 只是對他搖搖頭，接著 Nam 起身，「我在想我是不是該……」

「你要走了嗎？」Kim 話一出口就想咬掉自己的舌頭，剛剛那口氣就像捨不得對方離開的樣子。

「不是，我只是想幫忙收拾一下房間，你就在這裡陪 Candy 玩，過幾天後我再回來照顧 Candy。」Nam 開口說道，而面前的學長居然對他回以燦笑，似乎對自己的話感到滿意。

「我會額外付你工資的。」

「真的不用了，Kim，你已經有付我工資了。」

「我不想讓你吃虧。」

「只是收拾房間而已吃不了什麼虧，我也不會一直幫你收拾。」Nam 連忙說道，其實只要 Kim 能露出笑意，而不再是那副悲傷的神情，對他來說，就是最優渥的報酬了。

最後，Nam 開始打掃工作，Kim 對於他的行為舉止感到很不可思議，忍不住回頭看向那個忙碌的身影，臉上不由自主的綻開笑意，心跳也莫名加速。

　　這個世上有不少想要討好他的人，但不管是誰，都無法和 Nam 相比，儘管沒有擁抱或是任何親密接觸，僅僅是在同一個空間——這間讓自己感到孤獨的房間裡，Kim 卻頓時感覺心情輕鬆了不少。

　　Nam，是一個帶給他完全不同感受的人。

　　沒過多久，Nam 將原本凌亂的空間恢復它該有的整潔。其實 Kim 的房間也不算骯髒，只是雜物堆得亂七八糟，如果要問起這一切混亂是誰造成的話，唯一能想到的罪魁禍首只有一個——那隻正用爪子拍打躺在沙發上熟睡男人臉頰的小傢伙。

　　「Candy，住手，學長在睡覺。」Nam 走了過去對小貓小聲警告，但牠沒有停下試圖叫醒主人的動作，只見 Kim 轉過頭去，眉頭輕皺。

　　Nam 揚起嘴角，心裡好奇 Kim 接下來會有什麼反應。小貓見主人毫無醒來的跡象，接著繼續不客氣地推了推他的臉頰。

　　「好了 Candy，住手吧。」

但 Candy 接下來的動作讓 Nam 瞪大了雙眼。

牠直接趴在 Kim 的臉上，強迫他吸入一嘴貓毛。

「哈哈哈……實在是太聰明了！」Nam 忍不住大笑出聲。

Kim 因為無法順利呼吸而伸手抓住了蓋在臉上的生物，睜開了迷濛的雙眼。

「又淘氣了。」

「Candy 都是用這種方法叫醒你的嗎？」Nam 因為能看到這麼有趣的畫面，忍不住笑得合不攏嘴。

Kim 回頭剛好看見 Nam 在打量自己，而他白皙的臉掛著好看的笑容，讓他不禁一愣。

「只有今天早上會這樣，有時候是直接抓我脖子。」Kim 邊說邊拉下衣領，露出小貓在他脖子上留下的痕跡。

「嗯，好像真的是這樣。」Nam 下意識地伸出了手輕觸 Kim 的脖子，直到對上了 Kim 的雙眼才意識到自己做了什麼事，他連忙收回了手，露出尷尬的笑容。

「是吧，Candy 你知道這都是你搞出來的嗎？」Kim 只是溫柔地看著那隻小貓，並沒有多說什麼，並將額貼貼在牠柔軟的貓毛上。

　　那個向來是以兇狠的形象刻印在自己內心的學長，此時正對著面前那隻可愛的小貓綻放笑容，讓 Candy 用鼻尖輕蹭他的嘴唇，彷彿在親吻對方一般，Kim 更加開心了。

　　「牠親我了……你要不要試試？」Kim 臉上有著興奮，銳利的雙眼此時柔和了不少。

　　「！！！」Nam 還沒反應過來時，Kim 將小貓抱到他面前，讓小貓的嘴巴直接碰上了他的唇，Nam 瞪大了雙眼。

　　「這感覺很棒，對吧？」Kim 笑得更厲害了。

　　「……」

　　Nam 無法回應他的問題，因為他感覺到自己的雙頰發燙，內心狂跳個不停，即使他強迫自己不要去想，但小貓才吻了那個高個子，接著又吻上自己，讓他不禁想，這個就是傳說中的間接接吻嗎？

　　「你是在戲弄我嗎？」他低聲開口，感覺自己被眼前這麼帥氣的男人給捉弄了，而 Kim 則是聳了聳肩，讓小貓先跳下自己的身體，然後站了起身。

　　「我不是在開玩笑。」

　　砰！

　　Nam 聞言，似乎感覺到腦內的火山即將爆發，他可以解釋 Kim 其實並不是真的想到了間接接吻這件事吧？

5
無辜的眼淚與
卑鄙的吻

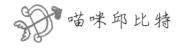

「別忘了帶 Candy 去看醫生。」

Nam 趴在桌子上，腦海裡回想起幾分鐘前那個大三學長打電話給他的交代。從電話那頭傳來的背景聲大概可以猜到他現在應該是在體育館，但對方並沒有表示自己所在的地點，只是簡單地吩咐。

「我把看醫生的錢放在樓下櫃台了，結束後先別走，等我回去再說，先這樣，我要去比賽了。」

「你是把我當成了什麼？招之即來揮之即去的傭人嗎？也不管我有沒有空。」Nam 喃喃自語，內心卻不由自主浮現了 Kim 那個燦爛的笑容。

雖然是這麼抱怨，但他笑起來真的很帥氣，還想再多看幾次。

「算了吧 Nam，就只是和一隻貓接吻而已，你在想什麼？」Nam 低頭撞上桌面，強迫自己清醒。

如果 Kim 沒有露出那抹燦爛的笑容，也沒在後面補一句他不是在開玩笑的話，也許 Nam 就不會想這麼遠，然而，就在他吻了 Candy 並讓 Candy 也給自己一個吻後，一切都亂了套，內心像小鹿亂撞一樣無法平靜。

「你在說什麼？跟一隻貓接吻？」

該死的！他都忘記好朋友就坐在旁邊滑手機了，

Nam 微微一怔，紅暈布滿雙頰。

「呃……你聽錯了，我的意思是說……呃……我和我妹玩親親的遊戲，她太可愛了，就像貓一樣。」

他的好友 YongGwang 聞言轉過身來，隨著 Nam 越說越多，YongGwang 臉上的表情就更是懷疑。

「Nam，你最近看起來很奇怪欸。」YongGwang 瞇細了雙眼。

Nam 聞言愣了片刻，接著用力地搖了搖頭。

「我一點也不奇怪，我還是我啊，你想太多了。」

「那為什麼你的臉這麼紅？」

「沒、沒有啊！」

「你心虛了。」YongGwang 饒富興致地看著自己的好友，他越是想隱藏就越想知道他的祕密。「你喜歡上誰了嗎？」

「沒有！」Nam 急忙開口，語氣略顯慌張，臉紅得像是一隻煮熟的蝦子。

YongGwang 見狀大笑出聲，手托著下巴，看著好友的眼神陷入沉思。

他早就知道 Nam 喜歡男人，但離他最近的男人不是他弟弟就是自己，然而自己並不是他喜歡的類型，所

以那個人一定是最近出現在他周遭的人。

「我天天和你一起上下課，還要抽空去打工，哪來的閒工夫喜歡上誰？你該不會是指 Kim 吧？」當 Nam 看見好友瞬間露出震驚的表情時，連忙搖搖頭，隨即手忙腳亂地收拾包包，「我、我突然想起有急事，先走了！」

話一出口，他就像是說漏了嘴，立刻起身抓起包包迅速衝出教室，留下好友在原地搓著下巴，反覆思索著剛才聽到的話。

一開始他還沒猜想到，但一看到 Nam 剛才的反常，那個人應該就是 Kim 了，八九不離十！

老實說，這兩人原本是兩條不會有交集的平行線，但學長曾經來教室找過他，之後還耳聞 Nam 與學長在籃球場上的事，再綜合剛才 Nam 的種種反應，已經不難猜出他喜歡的人是誰了。

只是……

「唉，我的好朋友啊，像學長那樣的人怎麼可能喜歡上你呢？」

這個問題的答案，不知道何時才能有個解答。

你真是個白痴，Nam ！

在高級公寓前，那位 Candy 的保姆一臉快哭出來的樣子，他站在室內對講機前滿臉的懊悔，都已經來到這裡，卻忘了一件重要的事⋯⋯

──他沒有事先跟公寓的主人拿鑰匙，而公寓的主人正在進行籃球比賽。

Nam 嘆了口氣，難過地看著眼前的螢幕，就算按了 Kim 的門鈴但 Candy 也不會跳起來幫他開門。

「試著打電話吧，如果幸運的話，或許對方會接。」Nam 自言自語道，他按下了手機耐心聽了一長串的電話鈴響後，進入語音信箱。

他試著再重新撥打，還是一樣的情況，Nam 再度嘆了口氣。

「阿姨能幫我開門進去嗎？」他看了螢幕，眼底滿是擔心，如果今天他進不了大樓，就不能帶 Candy 去看醫生，Candy 的主人會殺了他的。

要是阿姨問他為什麼不在工作日來公寓的話，他也

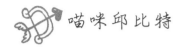

不能直接說是因為隔壁的學長叫他來顧貓的吧？但每當一想起他那張生氣的臉，Nam 還是硬著頭皮按下了門鈴。

門鈴按了很久，沒有得到回應。

「再按一次。」

依舊是一片靜默。

「阿姨應該是不在家吧。」Nam 垂下了雙肩，又再度嘆了口氣，絕望地看著入口處。

啊！突然想到一個方法。

「啊，我可以先回大學找 Kim 拿鑰匙再回來不就好了。」從這裡到大學也不過十五分鐘的車程，不會很遠。

「這是⋯⋯什麼情形⋯⋯」

Nam 站在大學體育館的入口，一臉不可置信，嘴巴微微張開，並不是因為館內人滿為患，也不是因為學長的粉絲們尖叫聲，更不是因為學長對隊友們露出了帥氣笑容，而是⋯⋯

「你來這裡幹嘛？今天沒人使用體育館。」

是的，偌大的體育館裡只有一位清潔工和他養的狗，安靜得彷彿能聽見一根針掉落的聲音，甚至還能聽到微風徐徐吹來的聲響。

「今天……沒有比賽嗎？」Nam 迎向了清潔工叔叔的驚訝眼神，用顫抖的聲音開口問道。

「聽說有一場比賽，但是在其他所大學。」清潔工叔叔用著平靜的口氣說著殘忍的答案，「我要把體育館鎖起來了。」

該死的！

「喂，孩子，你怎麼了？要暈倒了嗎？」

當 Nam 聽到他的話後，癱軟跪坐在地上，他不管清潔工叔叔的驚呼，腦海裡只有一個想法。

他沒有鑰匙＞他無法進入大樓＞他無法去探望 Candy ＞ Candy 無法去看醫生，最後……學長會殺了他。

「死定了，Nam。」他只能為自己的命運默哀。

　　比賽結束後，當 Kim 投入三分球並帶領他的球隊以壓倒性的優勢取得勝利後，體育館響起了震耳欲聾的尖叫聲，就連支持對手的學生們也不吝惜為他們喝采。

　　「哈哈，贏了，我們的球隊果然比其他學校還要厲害。」

　　「閉上你的嘴吧，要不是因為你，我需要翹掉學生會議來參加比賽嗎？」

　　「還不是正規軍沒有足夠的實力，我得靠神一般的隊友來打敗對方，不然怎麼能贏球？」

　　「贏得勝利的人懂得如何控制自己的情緒，與失敗者擁有運動家的精神一樣，反之如果看不起別人就是不好的行為。」射擊部部長的話雖然很有道理，但在場的人似乎都不以為意。

　　「嘿，Kim 你要去哪裡？我們接下來要去慶祝一下。」

　　「我馬上就回來。」Kim 一邊拿起手機一邊轉身說道，他此時才注意到手機顯示有多通來自 Nam 的未接來電，猜想他可能是在要去帶 Candy 時遇到了問題。

　　「該死的！」正當他想回撥，手機螢幕頓時一片黑。

　　「手機沒電了嗎？要用我的嗎？」

　　他身邊的朋友 WonHee 看到了他手機沒電，於是遞出自己的手機想借他。

　　Kim 只是搖搖頭，眉頭皺緊，對沒電的手機感到沮喪，內心莫名的一陣擔憂。

　　「是有什麼事嗎？看你一臉嚴肅的樣子。」WonHee 看著朋友的臉忍不住問道。

　　他有什麼好擔心的？不過就是帶一隻貓去看醫生而已，Nam 說過他做得到，而且也很簡單，去看醫生的錢、計程車費還有寵物外出包他都準備好了，到底還要擔心什麼？難道是擔心 Nam 出什麼大事嗎？

　　「不，我沒事，我只是擔心有人打電話來我接不到而已，我先回家充電了。」畢竟已經交代要讓 Nam 等自己了，他知道 Nam 不會違背自己的命令。這是相處幾個星期下來的結論，他很聽話，就先不論這份順從是否出於真心了。

　　一想起 Nam 的表情，Kim 忍不住噗哧一笑，這讓他內心的焦慮頓時消失，取而代之的是安心。

　　「呃，我先走了。」Kim 抓起自己的東西準備走去更衣室，但另一個朋友卻走了過來摟住他的脖子。

　　「嘿，你不能走，你最近都沒有來參加我們的聚

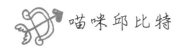

會，至少有一個月了，這麼急著要回家是偷帶女生回去嗎？」

Kim 轉過頭淡淡地回道：

「你就只會想到這種事嗎？」

「看你的表情肯定八九不離十了，哦！好痛！朋友你下手真狠！」

「好啦 Kim，不管事實是不是真如他所說的，就一起去吧，你家又不會不見，不用那麼急著回去。」

圍在 Kim 身邊的朋友勸說，想讓他打消回家的念頭和他們一起去慶功，Kim 低頭看了手機一眼。

「嗯，要去也行。」畢竟算一下時間，Nam 應該還在動物醫院還沒回家。

時針指向了八點，Kim 開著他的豪華跑車回到了氣派公寓的樓下，他實在很不喜歡那些朋友們明明知道他必須開車，卻還一直勸酒，最後他只能藉口很累想早點回家休息，才順利脫身。

Kim 腦海裡浮現了現在應該在家裡的那個人影，嘴

角勾起一抹好看的弧度，隨著長腿邁進大門，當電梯門打開的瞬間，他被眼前的景象嚇到。

只見一個嬌小身影背對著房門，臉埋在抱著的膝蓋上，並蜷縮在角落，那頭棕色的頭髮讓 Kim 一眼就認出了對方的身分。

「Nam，你坐在這裡幹嘛？」Kim 驚呼出聲，一旦公寓隔音設備不好的話，此時或許會有人開門衝出來大罵，而那個睡著的嬌小身影驚恐地抬起頭來。

由於長時間保持同樣的姿勢讓他白皙的臉頰留下了紅印子，Kim 神情凝重。Nam 到底坐在這裡多久了？

與此同時，那個坐在地上睡著的人神情呆滯地看著 Kim，隨即猛然起身。

「呃……那個……」

「怎麼回事，你坐在這裡幹嘛？」Kim 重複問，Nam 哭了出來。

「我進不去房間！」

「進不去房間？」Kim 重複他所說的話，語調提高了幾分，讓對方嚇得點點頭，臉上有著懊悔。

「是、是的……因為你沒有給我鑰匙，我也忘了跟你要，之前來這裡的時候阿姨都會幫我開門，所以我

沒意識到自己沒有鑰匙，本來跑回學校以為你在那裡比賽，只是回到學校時卻發現你比賽的地點不在我們大學，所以我不知道該怎麼辦才好，只能再回到這裡。一個好心的住戶帶我進了大樓，因為他記得我是誰，而且……你讓我等你，所以我也不能回去，只能坐在這裡等。」

Kim 聽完他的話後用力地亂抓了一把自己的頭髮。Nam 的經歷有多悲慘，在解釋時的口氣甚至還帶著掩不去的顫抖，他明知道 Nam 很聽他的話，沒想到害慘他的罪魁禍首居然是自己。

「該死的！」他忍不住咒罵出聲，Nam 則是臉上慘白，用力地向他鞠躬道歉。

「對不起！我沒辦法帶 Candy 去看醫生！對不起！真的很抱歉！」

Kim 低頭看著那個向自己彎腰的人，一手打開房門，另一手抓住 Nam 的手腕拽進門，然後再反手用力地關上門。

身後傳來的巨大聲響讓 Nam 嚇了一大跳，他感覺自己幾乎是被強拉進門，但還沒反應過來的瞬間，背已經抵上了冰冷的門板，雙眼對上 Kim，因為恐懼所以眼

前泛起薄霧。

「你瘋了嗎 Nam？」

慘了……Nam 內心一震，學長肯定很生他的氣，因為自己沒做好他交代的事。

「對不起……」他只能止不住渾身顫抖地道歉著。

「你只會講對不起，你知不知道自己到底做了什麼？Nam，我命令你等，你就乖乖地等，如果哪天我命令你去死，你也要照做嗎？」Kim 怒不可遏的聲音迴盪在偌大的室內。

面對他莫名奇妙的怒氣，Nam 只能緊咬雙唇，並在內心暗忖：明明是你讓我等你的。

「我讓你等，是想讓你待在溫暖的房間裡，冰箱裡有食物可以吃，還能看看電視，而不是蹲坐在房門前乾等……況且，我把房卡留給樓下管理室的人了，你為什麼不問他呢？你……」Kim 低咒了一句，他不該抱持這樣的想法，他只告訴 Nam 要帶貓去看醫生，卻沒順道交代房卡早已放管理室，還以為他會舉一反三，沒想到居然換得他在門前空等的下場。

「呃……是你叫我……等你的。」Nam 的聲音越來越小聲，他低下了頭，顫抖著。

「你為什麼不自己去判斷一下像這樣的情況是否該繼續等？」

「……」

「Nam。」

「嗚……」

Kim 聽到由他傳來的啜泣聲，這時才注意到他的肩膀在抽動，他立刻停止喝斥，當 Nam 抬頭看向他時，證實了他的猜測。

「唔……對不起……對不起……」

Nam 臉上布滿淚痕，雙眼有些紅腫，雖然張口道歉但卻全身都在顫抖。Kim 看著他哭泣的臉龐突然內心一股異樣的情緒升起，導致了接下來自己有些失常的舉動。

「啊！！」Nam 還沒反應過來就被對方猛地拉進懷裡，感覺到對方的氣息靠近，Kim 俯身並伸出手來勾起自己的下巴往上一抬，接著灼熱的雙唇落在自己的唇上，那是一個結實的吻。

Kim 加深了這個吻，他的火燙舌尖探進了自己還來不及閉上的嘴巴，肆意地與他的舌交纏翻攪著。Nam 只能用力地抓住他的手臂，內心泛起了想要汲取更多甜蜜

的想法。

明明該是鹹味的淚水，此時此刻卻在彼此嘴裡嘗到了甜味，甚至比之前吃過的甜點還要來得甜。

這一個吻十分漫長，Nam 差點要喘不過氣，等到 Kim 鬆開的時候，他差點因為腿軟直接癱坐在地上，隨後他感受到來自 Kim 的冷峻目光。自己的嘴唇似乎因為剛剛的吻而發腫，他的內心止不住地狂跳著。

學長居然吻了他？

「Kim……」

「別哭了。」

還沒等那個還在恍神的人把話說完，Kim 逕自地打斷了他的話，修長的手指拭去他白皙臉頰上的淚水，Nam 此時才終於回過神來。

Nam 你在指望什麼？他吻你只是討厭你的眼淚而已。

「對不起。」Nam 再次低頭輕聲地道歉，並試圖推開面前的人，他的動作惹得 Kim 眉頭輕皺。

「別再跟我道歉了。」

「因為我……讓你很生氣。」

Kim 聞言眉頭皺得更緊，他認為 Nam 根本不知道

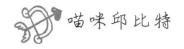

自己到底想表達什麼，於是他鬆開了抓住他的手，將手放在他的肩上。

「Nam。」

「是的。」他看著自己的眼神仍帶著些許的畏懼，這讓 Kim 的口氣嚴肅了起來。

「我不是生氣別的事，而是擔心你，明白嗎？」

Nam 聞言愣在原地，他不確定自己是不是聽錯了，面前是 Kim 那張帥氣的臉蛋，他下意識地重複了他剛才說的話。

「擔心⋯⋯我？」

Kim 還沒來得及回答他的問題，就感覺到自己的腳邊似乎有東西在竄動，不用低頭就可以猜到那是他可愛的小貓，於是彎腰將小貓抱了起來，接著回道：

「對，我很擔心你，去洗把臉吧，明天再帶 Candy 去看醫生就好了。」語畢他便走進了貓房，猜想 Candy 可能餓了所以才跑了過來。

Kim 話一落下，Nam 便渾身無力地癱坐在地上。

他是在擔心嗎？或者該說，他是擔心那個在門外空等了好幾個小時的自己，而不是他的貓？

腦海中升起的想法讓 Nam 下意識將手指放在仍有

些紅腫的唇上，心跳仍然加速狂跳著，但在明白了像 Kim 那種令人畏懼的人，他內心真正的想法後，不知道為什麼臉頰感到有些灼熱。

　　Kim 讓人感到害怕，但自己卻不由自主地喜歡上了這個可怕的人。

6

嫉妒、吝嗇、擔心

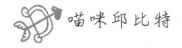

「你現在看起來很糟糕。」

「我⋯⋯很好。」

大學食堂裡，正喝著咖啡的 YongGwang 看著面前托著下巴、視線飄向遠方，顯然正在放空的好友，臉色從一開始像是吵過一架般的沮喪，剎那又轉換成了莫名的潮紅，那表情變換之迅速，讓 YongGwang 覺得可能等下就要下紅雨一樣而感到驚奇。

啪！

「噢，好痛！」

「看你能不能清醒一點，你是怎麼了，和 Kim 學長發生什麼了嗎？」YongGwang 收回了輕拍他臉頰的手並直截了當地問。哪知道一提起那個人時，他發現 Nam 的臉由原本的嫣紅進化成了煮熟的蝦子，表情顯得相當不自在，惹來 YongGwang 的一陣笑聲。「還真的是 Kim 學長啊？說真的，你們到底是怎麼認識的？」

Nam 拒絕回頭看向好友，因為擔心他會從自己臉上觀察出些什麼，腦海裡滿是幾天前的那個吻。

他是因為出自關心、生氣或者是其他什麼理由才吻自己的呢？

「就學長撿到了我的學生證。」

「就這樣？」

「就這樣，不然還能怎麼樣？」Nam 回道，但他知道 YongGwang 顯然不太相信自己所說的，於是不敢直視好友的雙眼。

此時想起了在房間裡跳來跳去的 Candy，就像現在自己起伏的心情一樣。

那是自己和 Kim 共有的祕密。

「那個人不是 Kim 學長嗎？怎麼會出現在這裡？」

好友的話讓 Nam 下意識地轉過頭來，他順著朋友的視線方向發現 Kim 和他的好友 WonHee 學長一起走了進來，當他一看見 Kim 的臉，又不由自主地想起那天的場景。

Kim，用著與眾不同的方法表達關心的人。

那兩位大三的學生一走進來就立刻吸引了女孩子們的包圍，還有一位是那天在籃球場上遞便當給 Kim 的女生。

Nam 不由得陷入了沉默，不管 Kim 的吻是出自什麼理由，但感覺 Kim 和自己的想法是不同的，所以他並不打算告訴 Kim 自己喜歡他，因為他不想讓學長感到為難。

「你不去跟他打個招呼嗎？」YongGwang 小聲地問道，Nam 只是搖搖頭，雖然現在不餓，但他仍拿起筷子挾起盤內的海鮮。

「不了，他很忙，趕快吃飯吧，下午還要上課。」Nam 邊說邊將食物送進嘴裡，不得不承認在看到那群女生圍住 Kim 時，內心有些不舒服。

Kim 從來不會偏祖自己，所以對他來說 Nam 並不是什麼重要的人物，所以他也不會妄想能打敗那些老是圍在 Kim 身邊的女孩子。

「也對，那快點吃吧，你要喝水嗎？我去買。」YongGwang 輕揉了揉他的頭，但 Nam 只是搖搖頭。

「我今天早上有買水了，放在袋子裡。」Nam 看向放在另一邊的舊袋子，YongGwang 幫他拿出水並遞給了他，動作看起來是如此的自然，「謝謝。」

「不客氣，誰叫我一直在照顧你。」YongGwang 笑笑地回道，因為他們兩人從國中開始就認識了，所以感情好也是理所當然的事。

「是你照顧我還是我照顧你？」Nam 忍不住吐槽道。

「哈哈哈，一樣啦。」

Nam 跟著笑了出聲，他甚至不想把目光轉向食堂的

另一邊。然而，於此同時，Nam 沒看到的是……來自另一頭那雙鋒利的不悅眼神。

「你有幾百年沒出現在食堂裡了，今天居然想到食堂來，你是怎麼了？」WonHee 看著那位從剛剛就直直盯著角落看的好友，等待著他的回應。

「就偶爾也想來這裡吃飯。」Kim 搖搖頭，他不懂，為什麼無論是朋友或者其他人，都對自己出現在食堂感到很震驚，有那麼稀奇嗎？

好吧，其實他並不是天天來食堂報到的人，因為不太喜歡人群和吵雜的環境。

「那個是送你麵包的學弟嗎？他對面的那個……是他男朋友？」WonHee 注意到好友一直看著角落，讓他也好奇地順著他的視線看了過去。

「你為什麼會這麼認為？」Kim 不悅地瞪了自己好友一眼。

「如果不是男朋友，幹嘛光明正大地在食堂裡摸頭？而且還幫對方收拾東西，我是不太了解男人跟男人

交往會做什麼事啦，不過我們學校裡好像也有不少的同性伴侶，哦不，聽說模特兒界裡更多。」WonHee 環顧四周，正在尋覓自己要吃什麼，接著站起身，「我先去買吃的。」

WonHee 離開後，Kim 將手放在桌下，盯著那個背對自己的棕髮男子，內心莫名地感到煩躁。

他之所以會想來食堂吃飯，是因為猜想 Nam 會在這裡用餐，所以放棄了原本會在意人聲吵雜的堅持，來到了食堂。他承認，在那天的吻之後，他開始好奇 Nam 對他的感覺是如何？

會比之前更怕自己嗎？還是會讓他的想法有所動搖？

因為那天之後，他們就再也沒有見過面，Kim 開始懷疑，是不是 Nam 故意躲著自己，明明每週都會來他家隔壁的房間打掃，但 Nam 卻不曾想過要順道來打聲招呼，原本 Kim 想打電話給他，只是始終按不下撥出鍵，或許他們直接當面聊會比較好一些。

然而，剛才看到的那個場景又算什麼？什麼男朋友……他們肯定沒有在交往，絕對就只是單純的朋友關係而已！

Kim 握緊雙拳，當自己看到 Nam 對別的男人展露笑容時，他就覺得胸口沉悶，內心很不是滋味。

午後課堂的下課鈴一響，老師一聲「下課」，立刻喚醒了昏昏欲睡的學生們，坐在 Nam 身邊不知道睡到第幾堂的 YongGwang 也回了魂，並對他的好友咧嘴一笑。

「Nam ～～」

「不借。」

「噢，Nam ～～」

Nam 收拾自己的書包並露出了笑意。他的朋友其實挺帥的，尤其是為了借到自己的筆記，擺出一副討好模樣的樣子，很有趣。

「不用低聲下氣的，我不借你。」他臉上笑意加深。「你不會自己去抄課本喔？」

YongGwang 連忙收拾東西跟了上去。「借我拿去影印一下嘛。」

「借給你全部照抄喔？」

「嘿咦！你明知道我只會抄一點點而已。」YongGwang 露出了燦爛的笑容，他和 Nam 認識多年，深知他的個性，他不會對朋友見死不救的。

Nam 聞言，更是緊緊保護著自己的筆記。

「現在就交出來喔，Nam，不然我要對你下手囉。」YongGwang 從背後用手肘鎖住他的脖子，惹得 Nam 大笑出聲。

然而，一聲大喊卻打斷了他們兩人的嬉鬧。

「Nam ！」

兩人停下了動作，順著聲音的來源看了過去，那是一個長相十分帥氣的男人，正站在教室前方用著猙獰的臉開口喊道。

「Kim。」Nam 簡直不敢相信自己的眼睛，在他出聲的同時，讓教室內的所有人將目光投了過來。

歷史總是驚人地相似，好像前不久才發生過同樣的事，而 Kim 凌厲的雙眼則是緊盯著那隻扣住 Nam 脖子的手。

他們兩人都感受到了來自 Kim 的眼神，但 YongGwang 不但沒有鬆手，反而還向 Kim 拋去挑釁般的眼神，接著低聲問朋友：

「你和 Kim 學長是什麼關係嗎？」

「呃……」

「跟我走！」Nam 還來不及回應好友的話，Kim 已經走到他面前，用不悅且低沉的聲音開口，並看向了手仍然停在他肩上的 YongGwang。

「呃，YongGwang，你放手吧，他可能有事想找我。」

然而 Nam 的話讓 YongGwang 也有點不開心，他皺起眉頭，並且不打算照他的意思做。

「現在就跟我走！」Kim 抓住了 Nam 的手，稍微用力地拉開了他，YongGwang 擔心好友受傷只能順勢地鬆開自己的手。

看著好友被拉走的背影，以及學長那簡直想殺了自己的眼神，YongGwang 若有所思地搓了搓下巴，學長那表情像是把人生吞活剝一般，他對 Nam 的感情，其實早已表露無遺。

「YongGwang ！為什麼 Kim 學長看起來一副打翻醋罈子的臉啊？」在 Kim 強拉 Nam 離開後，教室裡的其他女生團團圍住了 YongGwang，紛紛開口問道。

「是啊，為什麼看起來會有吃醋的樣子呢？」

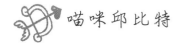

YongGwang 輕笑並搖了搖頭。

　　Nam，你能好好地接招嗎？對方這次看來真的很在意你啊。

　　「Kim，我的手很痛！」

　　Nam 被 Kim 從教室拖到了豪華跑車旁，這一路上都沒有放慢長腿邁開的大步伐，導致腿短的 Nam 必須以小跑步的方式才能跟上他，直到他們順利地來到了停車場。

　　Kim 用力把他推到車門上，自己則雙手抵住了車門，將 Nam 困在車子及自己的懷裡。

　　「那個人是誰？」Kim 低聲地問。

　　「我朋友。」Nam 感受到他語氣散發出來的憤怒，有些害怕地更往車的方向靠去。

　　「為什麼讓朋友抱著你？」

　　「為什麼我朋友不能抱我？」Nam 並不是在回嘴，他只是不解為什麼 Kim 可以常常抱住他的好友 WonHee 學長，而他卻不能讓高中的好友抱住自己？

「朋友？我親眼看到你們在食堂裡親暱地勾著脖子有說有笑，他還揉你的頭，難道你不覺得這樣做會被別人認為你們在交往嗎？」Kim 口吻更加地低沉。

他不悅的神情讓 Nam 愣了一下。

「我和他沒有在交往。」

「我都親眼看到了！」

「Kim 在食堂看到我了嗎？」

Kim 聞言一怔，Nam 的問題讓他為之語塞，原本滿腦子的怒火頓時消退了一些，取而代之的是一副好像做了錯事被當場逮到似的，但他很快就回過神來，恢復了方才的語氣。

「不要把話題轉開，Nam。」

「我沒有轉移話題，YongGwang 是我從高中時期就認識的朋友，因為一起上了大學所以感情自然比其他人都要來得好，他會勾我的脖子、揉我的頭都是再平常不過的動作，甚至是我們一直以來的相處模式，從來沒人認為我們在交往。」Nam 在對上 Kim 的目光時，毫無隱瞞地說，然後低下了頭。

學長對於他和 YongGwang 的親密行為感到很生氣，為什麼會這麼生氣？他的行為簡直就像是在……

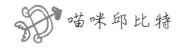

「沒有在交往？」

「是的，我們不是情侶關係，就只是朋友而已。」
Nam 連忙搖頭，視線在對上那個瞇細了雙眼看向自己的
男人時，腦海裡莫名地浮現了一些想法，接著露出一抹
淺淺的笑意，小聲地開口：「Kim 現在的樣子感覺像在
吃醋……呵呵，應該是我的錯覺吧。」

Nam 不敢太過自我感覺良好，然而他的話卻讓 Kim
有些一愣。

「就……因為我養貓的事被你知道了，要是你有交
往的對象，難保你不會把祕密告訴你的另一半。」Kim
連忙解釋道。

Nam 猜想他可能只是單純的生氣而已，於是又低下
頭小聲地回道：

「你不用擔心，我沒有交往的人，不管怎麼樣我都
會幫你照顧 Candy 的。」

只見 Nam 怯怯地垂眼看向自己胸前，讓 Kim 皺起
眉頭，接著他轉過身走向駕駛座的方向，不發一語。

「或許這真的是在嫉妒。」

Nam 下意識地轉過身，只見 Kim 鑽進了駕駛座，
快速繫上安全帶，他能感覺到自己的雙頰泛紅，心跳得

很快。

他有沒有聽錯？學長居然說他在⋯⋯嫉妒？

「你要在那裡站多久？」車窗被拉下，接著聽到了 Kim 提高音量再次喊道，Nam 連忙打開車門，坐進了副駕駛座裡。

還在想自己是否又說錯了什麼話惹得學長不高興，但才正想開口，就發現 Kim 那紅透的耳朵，於是 Nam 鼓起了勇氣，小聲問道：

「為什麼要讓我上車？」

「載你回公寓。」帥氣的男人正專心地開著車，口吻很平靜，在聽到 Nam 的聲音後，轉頭看了他一眼。

「但我今天沒有清潔的工作。」

「⋯⋯」

「Kim？」

「Candy 很想念你，所以載你去讓牠看一下，有問題嗎？」Kim 低沉地開口，一對上了 Nam 那副疑惑的表情，讓他的口氣更加地不悅，「怎麼，我的貓不能想你嗎？」

「不是的，當然很高興 Candy 會想我。」Nam 覺得自己的臉頰簡直要冒煙了，他是個現實主義者不會做無

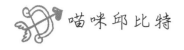

謂的幻想，但他知道 Candy 不會開口說話，而主人只是
拿牠當作藉口。

　　不過，他可以將那句話解讀為「Kim 拿貓當藉口，
事實上想念自己的是貓的主人」嗎？一思及此，他就忍
不住暗中竊喜。

　　直到抵達公寓的這段期間，彼此都不再開口，只是
偶爾的對視，但卻能讓人感覺到車內那滿溢的粉紅色泡
泡。

　　「Kim，不要給貓餵人的食物。」

　　豪華公寓裡，才剛收拾打掃完成的 Nam 一走進貓
房，就看到 Kim 坐在沙發上吃著微波的爆米花，懶洋洋
地伸手讓小貓舔了舔他的手指。

　　「我沒有餵牠吃，只是讓他舔我的手指。」

　　「你讓牠舔你手指上的玉米味精嗎？」Nam 的口氣
有些不悅，他將目光轉向坐在主人不遠處的小貓，忍不
住擔心地開口：

　　「你這樣讓牠舔手指是不對的行為，波斯貓更容易

有腎臟方面的疾病，你想讓牠早死嗎？」

　　Nam 一把抱起那隻三個多月大的小貓，小貓在他懷裡發出了抗議的聲音，似乎想努力地回到自己主人的身邊，其實是想繼續舔手指。

　　「但貓在舔手指的時候看起來很可愛。」

　　Nam 對他的發言感到難以置信，他緊抱住正在掙扎著想要去找主人的小貓。

　　「Kim 你不要這樣，如果真的想看牠舔手指的樣子就應該要餵牠吃貓糧，噢！」

　　Kim 被他的驚呼聲嚇了一跳，他連忙站起身。

　　「怎麼了？」

　　「Candy 抓了我一下，沒關係，只留下抓痕而已，看來得給牠剪指甲了。」Nam 另一隻手抱著貓，另一隻手則看向自己被貓抓傷的手臂，但漸漸滲出的血跡，讓 Nam 忍不住瞪大了眼，而這傷口也被 Kim 看到了。

　　「走，去看醫生。」他的語氣帶著一絲緊張，隨後抓住他的手準備要往外走。

　　「只是被貓抓傷而已，沒什麼大不了的，只要消毒傷口就好，總之在 Candy 刮傷你的沙發之前，先幫牠剪指甲吧。」Nam 連想都不想就拒絕了他的提議，接著抽

手快步走回貓房，不一會兒的工夫就找到指甲修剪器，Kim 的這間貓房簡直跟寵物店沒什麼兩樣。

他折回沙發的方向，坐在 Candy 面前緊抓住牠，並張開了牠的爪子。

「坐著別動 Candy，你的指甲太長了，現在要幫你剪短一點。」Nam 按照獸醫交代的方式抓住了 Candy，並將指甲修剪器遞給了 Kim。

「乖乖坐著，剪完指甲後再餵零食好嗎？」

小貓似懂非懂地趴在 Nam 的腿上，讓 Kim 替牠剪著指甲。沒多久剪完指甲，Candy 一如既往在房內奔跑，Kim 則站在門邊，看著那個將貓零食丟進餐盤裡的 Nam，他似乎忘記自己手上有傷。

「弄好了嗎？」

Nam 疑惑地點點頭，接著 Kim 將他一把拉回沙發上。當 Nam 還不理解為什麼 Kim 總是喜歡將他拉來拉去的同時，那個暫時消失身影的高個子帶著醫藥箱走了回來。

「呃……不需要這麼誇張……」Nam 看他拿出了醫藥箱忍不住開口。

「安靜地坐著，把你的手臂伸出來。」Kim 的口吻

不容他拒絕，Nam 吞下了原本想說的話，伸出了自己的手臂。

「可能會有點痛。」Kim 語帶溫和地提醒，並用棉花棒沾了抗生素，流暢地處理著 Nam 手上的傷口，動作小心翼翼得像是在保護著什麼易碎物品一般。「痛嗎？下手會不會太重？」

「不會，你的動作很輕。」Nam 小聲地開口。他感覺到自己的心臟狂跳不停，以前從來沒有過這樣的感覺，「你的動作看起來很熟練。」

「因為我有在運動，有時候難免也會受傷，所以習慣處理傷口了。」Kim 拿起了 OK 繃，輕輕地貼了上 Nam 手上的傷口，他們都知道 Candy 並不是故意要抓傷他的。

Nam 因為傷口被 Kim 觸碰而不由自主地瑟縮，這個動作讓 Kim 有些緊張。

「很痛嗎？」

兩人視線交會的瞬間，似乎有什麼異樣的心情在他們心中蔓延開來，之前都不曾有過這樣的情緒。

Nam 有些不自在地將羞紅的臉別過去，Kim 卻伸出手勾住他的下巴，輕輕地將他的臉轉了回來，兩人再度

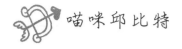

四目相接。

　　隨著 Kim 的臉越靠越近，Nam 突然用力地站起來，心跳過速的他在起身的那一瞬間差點暈倒，現在他只想著要逃離這裡。

　　「我、我先回去了……」

　　Kim 猛地拉住了他的手。

　　「別走……好嗎？」

　　Nam 簡直不敢相信自己所聽到的，學長這是在……求他嗎？

7

謠言四起，
惡運爆發

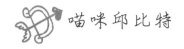

偌大的房間陷入一片寂靜，只見 Candy 跳上了沙發，看著兩人對視的樣子，然後走到帥氣主人的面前，用牠柔軟的爪子拍了幾下 Kim 的大腿。

「你看，Candy 想讓你留下來。」Kim 看了牠一眼，說道。

「喵喵……」像是在回應主人的話，Candy 大聲地叫道，接著在沙發上翻滾，如果牠可以開口的話，應該會說：主人不要老是拿我當擋箭牌。

與此同時，Nam 覺得心臟好像要跳出來了，那位大學裡的風雲人物、最受女生歡迎的學長正用著溫柔的眼神看著自己，抓住他的溫暖大掌仍在等著他的回答，不知情的人還以為這個大男孩在等父母給自己買玩具。

「我送你回去吧。」像是沒能得到想要的答案，Kim 略顯失落地別過頭，雖然嘴上是這麼說，卻沒有鬆手的打算，他的舉動讓 Nam 忍不住心軟。

「好。」

「好什麼？」Kim 重複地問道。

「我可以留下來。」Nam 小聲地開口。

Nam 發誓，當話一說完，眼前這位學長立刻轉過頭來朝自己露出了燦爛的笑容，學長的雙眼閃閃發光，

眼神也不再像之前那樣帶有壓迫感，賞心悅目到讓他覺得……就算留到深夜也沒關係。

「坐下來吧。」Kim 輕拉他的手說。Nam 順從地坐在他身旁，室內又陷入一片寂靜。

Nam 大氣不敢吭一聲，Kim 仍然抓住自己的手，他也意識到此刻異常安靜，直到 Candy 在沙發上滾來滾去的喵喵聲響打破了沉默。

「為什麼你今天晚上好像不是很想跟我親近的樣子？」

我確實是和學長不算很親近啊……這句話 Nam 不敢說出口，他感覺到自己的肩膀輕輕碰觸到 Kim，接著顫抖地開口：

「我不想讓別人對你有奇怪的看法，你是學校裡的風雲人物，所以不想讓他們覺得你和一個平凡人走得很近。」他聲音輕柔，但語氣卻帶著自卑，「像我這種什麼都沒有的貧苦人家，只會丟了 Kim 學長的臉而已。」

他知道以家境來說，是配不上像 Kim 這樣有錢人家的少爺，如果他們兩人走得太近，只怕會影響 Kim 的名聲。

Kim 聞言眉頭輕皺。

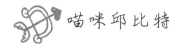

「誰會這樣說？」不過 Kim 不得不承認 Nam 的顧慮是真的，畢竟嘴巴長在別人身上，他們談論了什麼任誰都管不了。

Nam 搖搖頭。「現在還沒有，我只是預測未來的發展而已，你是學校裡的風雲人物啊，備受注目在所難免。」

「既然你都知道有很多人在關注我，為什麼還要杞人憂天？你不覺得你的煩惱很沒意義嗎？」Kim 低沉地開口，他不在乎別人怎麼看自己，也不能理解為什麼 Nam 要為自己擔心。

「這不是沒意義的事情，我不想讓別人看不起你。」

Kim 陷入沉默，他瞇細了雙眼看著面前的學弟，內心有股異樣的感覺產生。

他是在擔心自己嗎？

一思及此，Kim 便伸出手勾住他的肩膀，讓他靠向自己，沒想到會突然有這個舉動的 Nam 瞪大了雙眼，慌亂地開口：

「K、Kim……」

「既然你說過身為朋友摟摟抱抱也不是什麼奇怪的事，同樣的道理也能套在學長姐身上吧？」

　　他這是什麼謬論？ Nam 想反駁他的話，但聲音卻卡在喉嚨出不來，所以他只能緊抿雙唇，看著對方摟著自己的肩膀，接著他的另一隻手撫向了自己的臉頰。

　　「記住，Nam……不要在意別人怎麼說我，我不在乎，我只知道……我喜歡和你在一起的感覺。」他真摯的眼神讓 Nam 感到心跳加速，被碰觸的臉頰也散發出熱氣，他只能低下頭。

　　Kim 捨不得自己手掌感受到的觸感，但害羞的 Nam 也不敢抬起頭。

　　「Kim 平常就戴著項鍊嗎？」

　　「嗯。」

　　突如其來的疑問破壞了當下的氣氛，Kim 明白他是想要藉此轉開話題，因為低頭讓他注意到自己脖子上的項鍊，儘管他明白 Nam 想逃避，但還是順著他的話拉起了脖子上的項鍊，讓他看自己戴了什麼。

　　「戒指？」Nam 小聲地開口，他看著放在 Kim 手掌上那只素面戒指，雖然外表看起來很平凡，但對 Kim 來說肯定很重要，忍不住好奇地輕觸他的戒指。

　　「是的，人家送的。」

　　Nam 聞言立刻抬起了頭，映入眼簾的是 Kim 注視

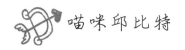

戒指的溫柔目光，如果是以前的話自己絕對不會這麼問，但現在他卻很想知道答案。

「是誰送的？」

「一個很重要的人……已經離開我了。」

那個人肯定很重要吧，重要到對方都已經離開他了卻仍將戒指帶在身上，深切地感受到 Kim 語調和神情中的孤獨，Nam 又換了個話題。

「那什麼時候要再帶 Candy 去看醫生？」

「你是在跟我玩你問我答的遊戲嗎？」Kim 將項鍊掛了回去，忍不住問道。

「不，我只是想知道我什麼時候得再帶牠去……」Nam 連忙搖搖頭。

「閉嘴。」

Nam 立刻聽話地閉上了嘴巴，他意識到自己似乎是太多嘴了，Kim 接著開口：

「把頭抬起來，閉上眼睛。」

「Kim……」

「別回嘴，閉上雙眼。」

「但是……」

「閉眼，Nam。」Kim 語氣強硬，眼神多了分嚴

肅，Nam 歷經三次掙扎未果，只能乖乖照做。

很滿意他的順從，Kim 偷偷笑了一下，他看著這張隨時隨地都讓自己感到有趣的臉，奇怪的是不管他做了什麼表情，都不會讓他感到厭倦，相反地只覺得面前的人很善良。

Kim 的指尖輕輕劃過 Nam 的雙唇，接著俯身做了自己一直很想做的事。

Nam 感受到 Kim 柔軟的唇吻上了自己，那味道就像棉花糖一般，甜蜜的感覺讓他忍不住輕吟出聲，雙手抓住了對方的襯衫，腦中一片空白，無法做出回應的他只能就這麼感受 Kim 的吻。

「聽說 Kim 學長拒絕了所有想要倒追他的女生。」

「是的，我最近常看到學長除了他的朋友還常跟一個學弟走在一起，聽說是一年級的 Nam。」

「聽說學長還載他來上課，我認識的學妹剛好跟 Nam 同班，非常地羨慕他。」

「妳怎麼想啊 PaNeum？妳不是想追求學長嗎？」

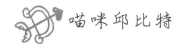
　　名喚 PaNeum 的女孩擁有一頭烏黑的長髮及精緻的臉蛋，曾經在體育館裡送了便當給 Kim，一聽到朋友這麼說時，她握緊了雙拳，美麗的指甲嵌入手掌的皮膚裡，即使內心再怎麼生氣，她仍試圖保持冷靜。

　　「不過是一個大一新生，怎麼能輕易相信謠言呢？」另一名漂亮的大二女生反駁道，她的發言讓座上其他的女生都跟著騷動了起來。

　　「我以前從來沒看過他們兩個在一起，妳知道 Kim 學長最近常去食堂嗎？而且之前還被看到 Kim 學長去一年級的教室找 Nam，很多人都撞見了。」

　　「而且……還有人看到 Kim 學長將那個學弟帶回他家好幾次。」另一個人話才剛落下，就立刻有人跟著補充說道。

　　「這個我也有耳聞，實在不知道那個學弟到底哪裡好，但還是要小心 Kim 學長會對 Nam 日久生情……」

　　「不要隨便亂說！Kim 學長不會愛上男人！」PaNeum 再也忍不住地開口，她的話讓周圍的朋友全都安靜了下來，大家看著她緊握雙拳，瞪大了眼睛，連忙安慰道。

　　「呃，也許就像她說的，Kim 學長只跟女人交往，

不會喜歡男人的。」

　　即使身邊的朋友都在安慰她，但這並不代表她不知道 Kim 學長正在改變，一直以來 Kim 學長都是和他的朋友同進同出，但最近，他卻為了那個學弟開始頻繁出現在食堂，明明以前他最討厭食堂的吵雜。不論自己如何努力靠近、如何吸引注意，Kim 學長的視線從來不曾在她身上停留過，而現在，他的視線卻只追隨著 Nam。

　　不行，她不能放任 Kim 學長就這麼被 Nam 勾走，她不能讓自己一直以來的努力白費，她必須採取行動！

　　「唉，約了四點要帶貓去洗澡，現在都三點了還沒能離開學校。」Nam 忍不住低聲咕噥。

　　今天是他第一次要帶 Candy 去洗澡，他聽 Kim 說每星期還會帶去美容院兩次，因為小貓很愛乾淨。

　　Nam 很想吐槽其實這樣很浪費錢，但因為 Kim 不在意錢這種東西，所以他選擇閉嘴。

　　另一方面，Kim 說他有事要先回家一趟，因此帶貓洗澡的重任就落在他的身上，那並不是什麼太困難的

事，只是自己臨時被老師叫住了，聊到三點才放他離開。

Nam 雙手輕拍了包包，裡頭有 Kim 交給他的備用鑰匙。

「你想來的時候就可以自己來，不用擔心我不在，隨時可以進去。」

回想起 Kim 當時把鑰匙交給自己時所說的話，他很開心，因為那代表學長的信任。

「Nam ！」

「啊，怎、怎麼了？」面前不知道從哪裡出現了好幾個女人，他差點沒能煞住車，等到自己定睛一看，認出了有些人是他們系上的大三學生，只是他不懂為什麼她們在這個時候出現，甚至擋住了他的去路。

「你為什麼要去招惹 Kim 學長？」

哦，他明白了，他之前就警告過 Kim 會有人因為他們兩人太過親近而有所不滿，但 Kim 讓自己不要擔心，再加上這段時間他常接送自己回家，可能因為這樣才招惹了 Kim 的親衛隊吧。

老實說，Nam 並不是那麼想去 Kim 的公寓，不是因為厭倦顧貓了，而是……貓主人喜歡不經意就給他一

個吻，老是害他臉紅心跳，就因為臉上遲遲不退的紅暈，連回家後都會被媽媽關切詢問他是不是在發燒。

「你有聽到我說的嗎？」

「是、是的，我有在聽。」女聲將他遠飄的思緒拉了回來，Nam重新將注意力集中在面前這群面帶不悅的女學生們，她們在看到自己的平靜時，似乎更加地生氣。

「你有聽到我們讓你不要太過接近Kim學長的話嗎？你們兩人那麼親近看起來真的很刺眼，你知不知道有多少人認為你的樣子就像是個追在王子身後的貧民？」

「哦，妳確實可以這麼認為。」Nam露出一抹乾笑並點點頭，他確實就只是貓的保姆，Kim是雇主，他託付自己工作，也從他那裡取得報酬，這跟追在王子身後的可憐窮人好像也差不了多少。

「喂！不要給我裝傻！」

「我沒有。」Nam搖搖頭，他確實認為她講的話很有道理。

「既然如此你就別再去黏著Kim學長了。」

Nam聞言陷入了沉默，他看著面前的學姐，搖搖

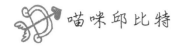

頭，說道：

「妳們自己去跟 Kim 說，並不是我黏著他的。」

打從一開始，就是 Kim 強迫他留在那裡工作，而且他還喜歡捉弄自己。

Nam 的態度讓眼前的一群女生認為他是在刻意擺出高姿態，似乎是在吹噓 Kim 才是那個倒貼的人，再加上他講完這句話就打算繞道離開，這讓她們的怒火越燒越旺。

就在這個時候，響起了一個清脆的巴掌聲。

「噢！妳為什麼打我？」Nam 被強力地拉了回來，在他還沒反應過來時就被搧了一巴掌，他摀住自己被打的地方，不解地看向那個出手的女人。

「因為你一副自命不凡的樣子，甚至還在炫耀 Kim 學長才是那個倒貼的人！」

Nam 本想跟她爭論自己並沒有自命不凡，這時瞄了一眼手錶，才發現自己已經浪費了十五分鐘，令他腦海裡不由得浮現貓主人的臉。

慘了，這陣子 Kim 都沒有對他大吼大叫，但即使如此自己還是很害怕看到他生氣的樣子，所以……

「好吧，我確實是太自命不凡了，這是我的不對，

妳會打我也有道理，所以我請妳原諒我，因為我還有急事。」語畢，他便頭也不回地跑離了那裡。

身後的女子心有不甘地看著他的背影，怒氣似乎還未消退。

「PaNeum，妳看那個討人厭的學弟！」

「我看到了，就是赤裸裸地在炫耀。」PaNeum 低聲地開口，隨即朝著他離去的方向跟了過去。

Nam，你算哪根蔥？我要再給你一點苦頭吃！

另一方面，擺脫了找碴的粉絲們後，Nam 於下午三點半抵達了他的公寓，接著將小貓放進了袋子裡，由於深怕小貓會發出任何動靜，因此他大氣不敢一吭，小心地經過樓下的管理室，袋子在靠近地板的方向有個通風口，他必須裝作一本正經，才不會讓別人覺得他是在做什麼壞事。

直到他走出了大樓才鬆了一口氣。

「等一下再把你弄出來啊 Candy．」Nam 輕聲地對小貓開口，而 Candy 似乎已經很習慣被主人放進袋子，

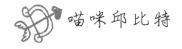

他稍微將袋子拉了一個開口，好讓 Candy 可以探頭出來透透氣。

　　Nam 拎著那個袋子穿過了兩個路口，想在下一個路口攔計程車，就在這個時候對向車道有一輛車高速行駛朝他而去，差那麼一點就撞上了 Nam。他下意識地跳到路邊，卻不小心栽進了積水的水坑裡，貓袋則向另一邊飛了出去，裡頭的貓發出了害怕的聲音。

　　砰！肇事的車主下了車，Nam 狠狠地抬起頭來看向車主，而那人正是之前還帶著羞澀表情在體育館裡給 Kim 送便當的女生。

　　她的行徑簡直是想置他於死地，雖然目前看起來只有膝蓋和手肘受傷，但假如自己的反應再慢那麼一點點，想必早已變成車下的亡魂了。

　　「妳為什麼要這麼做？」

　　「因為你老是黏著 Kim。」PaNeum 毫無掩飾回以冷冰冰的語氣，下車只是確定一下 Nam 受傷程度後，便匆匆地回到車上開車離去，彷彿在擔心會被其他人目擊。

　　這到底是怎麼一回事？

　　「喵喵！」

隨後 Candy 朝他衝了過來，Nam 連忙輕撫牠的頭並安撫道：「沒事 Candy，沒事的。」

在 Nam 的安慰下，Candy 這才停止了掙扎，他再度將小貓放回袋子裡，只是手肘不時傳來的陣陣疼痛讓 Nam 驚呼出聲，他這時才注意到手肘上有一道擦傷，嘴裡嘗也到血的味道，甚至膝蓋還開始感到痛楚。

「只是擦傷而已，應該沒關係吧。」他喃喃自語道。

他拖著受傷的腿搭上了願意接受自己身上狼狽的計程車司機，在滿頭大汗的情況下，他只知道必須按 Kim 的指示執行，至於自己的傷口則是回去再買個消毒水處理一下就好。

畢竟如果讓 Kim 知道這一切⋯⋯他會大發雷霆的。

8

處理傷患
的方法

　　Kim 回到家後已經過了好一段時間，他甚至叫好外送並洗了個澡，還寫完一份報告，但他等的那個人卻遲遲沒回家。

　　牆上的壁鐘顯示現在已經七點，按照道理說，Candy 應該在五點就洗完澡了。

　　Nam，你去哪裡了，怎麼這麼久？

　　Kim 搖搖頭，曾幾何時，Nam 的那張臉、那對大眼睛和他害羞微笑時的表情，都盤踞在自己腦海裡揮之不去，他的一舉一動甚至都影響了自己。

　　「你到底對我下了什麼蠱？Nam？」他雙手放在後腦杓看著天花板，腦海裡回想起第一次見到 Nam 的樣子。

　　當時的他不明白為什麼 Nam 會那麼抗拒，畢竟自己開出的薪水和工作內容算得上是十分輕鬆，被拒絕的理由只因他不想占自己便宜，但說實在，他們之間到底是誰在占誰的便宜？Kim 得到一個免費的管家，免費幫忙做飯，也能自由的身體接觸，並與他消磨時間，還可以三不五時就給他一個吻。

　　「我才是那個占便宜的人吧。」Kim 喃喃自語笑道，接著看向這間寬敞的房間。

最近，他很常窩在家裡，當然有一部分是因為他養了 Candy，但另一部分則是因為 Nam，當自己強迫他自由進出公寓時，他便開始期待每天歸來時會有人親切地歡迎他回來，畢竟之前他不曾在這個家感受到任何的溫暖。

「你帶給我的影響真的很大。」Kim 輕輕撫著戒指項鍊，一想起那個總是被自己吻得滿臉通紅的人，他嘴角就忍不住上揚。

開門聲打斷了 Kim 的思緒，他正準備迎向回來的一人一貓，並打算邀請 Nam 留下來吃晚餐時，看到面前的景象卻嚇到了。

「你是怎麼一回事？」面前的小矮子衣服上有著顯眼的髒汙，他的臉上一片慘白，至於那隻在袋子裡的小貓則因為開心重獲自由而跳了出來，Candy 的身上很乾淨還散發陣陣洗過澡後的香味，和 Nam 形成強烈的對比。

「呃……發生了一點小意外，但 Candy 沒有事，而且我只遲到了五分鐘……」Nam 緊張地連忙乾笑幾聲，即使 Candy 目前是最佳的狀態，但 Kim 看起來仍然很生氣。

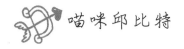

他生氣的是為什麼 Nam 完全不關心自己！

「啊！」Kim 用力地抓住了他的手，Nam 嚇了一跳並大喊，他這一喊也讓 Kim 連忙鬆開了手。

Kim 輕輕將他手肘翻了過來，上頭乾涸的血跡像是傷口有被清洗過痕跡。

「你手上的傷是怎麼回事？發生什麼事了？」

「就……不小心被車撞到……」

「什麼？」Kim 提高了音量，看著面前臉色蒼白的小矮子露出了難以置信的表情，立刻再次抓住他的手，準備要帶他出門，「我立刻送你去醫院。」

Kim 聲音低沉且堅定，Nam 連忙拉住了他。

「不、不用了，只是一點擦傷，不用特地去醫院！」Nam 連忙搖搖頭，儘管大學生都會有保險，但如果 Kim 將他帶到私人醫院他就得補差價，再說了擦傷可以自己處理，不需要到醫院去。

「你傷成這樣為什麼不打電話給我？」Kim 轉過身，明眼人都看得出來他此時很憤怒。

「我……不想打擾你，而且不痛的。」Nam 低下頭小聲地說。

Kim 用力地抓住了他的手，原本前面還在說不痛的

Nam 突然大叫出聲。

「哦！痛、痛、Kim，很痛！」這次的疼痛比起剛剛借用寵物水療中心的水沖洗傷口時，還要來得劇烈，Nam 痛到眼淚奪眶而出。

「去醫院！」

「不，我不要去！」

「Nam 你到底要讓我擔心到什麼時候？」Kim 發出了怒吼。

Nam 一開始還拚命掙扎，但冷靜下來面對學長的怒氣和咄咄逼人後，他不自覺地縮了縮身子，接著用微弱的聲音開口：

「我真的沒事的，Kim。」

雖然滿身狼狽的他說起這句話時完全沒有說服力。他和乾淨的 Candy 不同，Candy 身上幾乎沒有任何的外傷，Kim 立刻意識到他在「車禍受傷」和「送貓洗澡」這兩者之間做了什麼樣的選擇，就算都已經變成這副德性了，他還是選擇先帶 Candy 去洗澡，並將牠安全地帶回來，如果換成別人早就把小貓扔到醫生那裡去了。

「不想去醫院是嗎？也可以，把你的衣服脫掉。」

「哈啊？」

「我要檢查你身上是不是只有一處傷口，脫掉！」
Kim 低沉地開口。

Nam 搖搖頭，緊緊地抓住自己身上的衣服，感到自
己的嘴巴在顫抖。

「只有手肘跟膝蓋有傷口，其他的地方沒有了，我
不會脫衣服的。」他堅定地看著對方，並一副誓死捍衛
衣服的樣子。

Kim 來到了他面前，唇邊泛起一絲冷笑，眼裡的笑
意看起來有些冰冷。

「啊我不要脫，放開我！Kim 你快住手，不……不
要……」

Nam 還沒回過神便被 Kim 脫掉了上衣，他因為擔
心碰到傷口所以不敢過於掙扎，最後自己被他脫到只剩
一條內褲。

該死的……不能連內褲都被他脫掉！

「你還說只是小傷，腿上的傷口都流血了！」

「我……就真的覺得只是小傷啊……」Nam 低聲說
著，只著一條內褲被 Kim 全身打量著，讓他害羞的不敢
直視他。

就在這個時候，Kim 將他打橫抱起，Nam 驚嚇出

聲，雙手緊緊地環在對方的脖子上。

「Kim！放我下來！你為什麼要把我抱起來？快放我下來。」

Kim 低頭看向了 Nam，在接收到他那冰冷且銳利的眼神時，他立刻閉上了嘴。

「如果你再有任何意見，我就立刻送你到醫院。」

他的威脅成功讓 Nam 不再反抗，Kim 抱著他走向了浴室，將他輕輕地放在浴缸的邊緣，接著拿起蓮蓬頭，並打開了水。

他的動作讓 Nam 像是驚弓之鳥一般，立刻驚慌失措地問道：「你想做什麼？」

「幫你洗澡，這樣你就可以清楚地看到自己的傷口了。」Kim 語氣波瀾不興，他的臉看起來很平靜，但 Nam 卻搖搖頭。

他先是脫光了自己身上的衣服，現在還要幫他洗澡，是把他當人偶嗎？

「我可以自己洗……Kim，讓我自己洗……」他開始哀求出聲，這讓拿著蓮蓬頭的男人陷入了沉默，「我覺得很尷尬……真的，我會很不好意思。」

Nam 老實地開口，如果放他自己洗澡的話，對方就

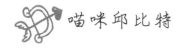

不會看到自己的身體，他也不必擔心尷尬而想挖個地洞把自己給埋進去。

Kim 嘆了口氣，接著輕輕揉了揉他的頭。

「我去給你拿衣服跟毛巾，你好了再叫我。」語畢，他便轉身離開了浴室，儘管 Nam 身上全是髒汙，但他不得不承認，依然被他的臉給吸引。

而 Nam 雖然只是被 Kim 輕輕摸頭，或許因為他的手掌太過溫暖，不知道為什麼好像就不再那麼痛了。

過沒多久，那位傷者便拖著腿慢慢步出浴室，他穿上 Kim 大一號的睡衣，褲子則緊緊地用繩子綁了起來防止掉落，洗過澡的他臉色看起來好多了。

「坐這裡。」Kim 輕拍了身邊的位置，讓那個拖著腿的 Nam 人坐在沙發上，接著自己跪在地板上，Nam 瞪大了眼，震驚地看著他把自己的短褲捲到膝蓋上。

Nam 膝蓋受傷的地方發紅，破皮的傷口下甚至可見露出鮮紅色的肉，當 Kim 拿著沾有酒精的棉花棒準備往他的傷口擦去時，Nam 立刻下意識地瑟縮。

「可能會有點痛。」Kim柔聲地開口，他將棉花棒輕輕地放在他的傷口上。

「啊啊啊！好痛！」Nam立刻抓起枕頭緊緊地抱著，指甲陷入了枕頭裡。

他的呻吟讓Kim更放慢自己的動作，他抬起頭就看到那位傷者淚眼婆娑的慘樣，於是他只好試圖轉移他的注意力。

「你什麼時候被車撞的？」

「啊……在我要帶Candy去洗澡之前。」Nam因為感到疼痛所以回話的聲音還帶著顫抖。

Kim聞言眉頭輕皺，正想抬頭罵他為什麼不先去看醫生，居然還要拖著這樣的身體送貓去洗澡時，但一看到他的眼淚又全都吞了回去。

「那你為什麼拖到現在才回來？」

「呃……因為沒有計程車願意載我，如果讓我上車的話，可能會弄髒他們的座位。」

「該死的，居然拒載受傷的乘客，為什麼這麼過分？」Kim忍不住咒罵道。

雖然傷口很痛，但Nam仍忍不住為那些拒載他的司機找藉口。

「他們沒有錯，如果不小心弄髒車子了他們得去洗車，那很浪費錢。」

Kim 嘆了口氣，並將他的手臂轉了過來，繼續處理他手肘上的傷口。

「那肇事者呢？沒有停下來看你的情況嗎？」

肇事者的臉突然浮上了 Nam 的腦海裡，他索性將臉埋進枕頭，用力地搖頭。

「她開車走了……哦！」突如其來的劇烈疼痛讓 Nam 尖叫出聲，因為 Kim 加重了自己力道，不過即使如此，他還是不想讓 Kim 知道誰是真正的肇事者。

直到處理完他身上的傷口後，Kim 不忘用酒精仔細清理他身上其他的擦傷，隨後走進浴室洗手，留下淚流滿面，正切身感受傷口劇痛的 Nam。

「喵喵……」

「嗯？Candy 在擔心我嗎？我沒事，只是傷口有點痛。」Nam 輕撫著坐在身旁並用頭輕蹭了自己的小貓，他溫柔地露出微笑，揉了揉牠的頭。

「你還好嗎？」剛從浴室走出來的 Kim 看到 Nam 雖然眼中仍帶著淚，但看著 Candy 的臉上卻掛著溫柔的神情，這樣的畫面讓他忍不住有些走心。「為什麼眼淚掉

得更兇了？」

　　Kim 輕勾起他的臉，然後用指尖擦拭他的淚水，Nam 本來還想做任何的辯解，但在看到他眼底寫著擔心時，便又全數吞了回去。

　　「唉唷！」Kim 的手因為在他左臉頰上施加了些許的力道，導致 Nam 痛得呻吟出聲，他停下了動作，接著將傷者的臉往旁一推。

　　「為什麼你的臉頰上有瘀傷？」當他看到 Nam 白嫩的臉蛋上有著紅紫色的瘀傷時，聲音滿是掩不去的怒氣。

　　Nam 只是搖搖頭，沒有多做回應。

　　「Nam。」

　　「沒什麼，我跌倒的時候臉剛好去撞到地板。」Nam 繼續找著藉口，他不想惹麻煩，更不想讓 Kim 在知道真相後為自己出氣，這一切就讓他過去吧。

　　「你確定嗎？」

　　「當然確定，難道你以為我是被打了一巴掌嗎？」Nam 臉色有些慘白地開著玩笑。

　　「嗯，我認為你被打了一巴掌。」Kim 正色說道，但當看到 Nam 忽然安靜了下來，似乎是在害怕自己會

動怒，所以不敢開口，讓他再度嘆了口氣，「如果你說是摔倒的話就算了，吃飯吧。」

Kim 不等他回應，便打橫抱起了他，Nam 的身體再次騰空被抱起，陷進他懷中，Nam 下意識地環住了他的頸項，驚呼一聲。

「啊！Kim 為什麼要抱我？」

「因為你受傷了，抱你去吃飯有什麼不對？」

我是受傷但不是身障人士啊！雖然他很想吐槽，但還是沒有說出口。

因為 Kim 所有的作為都讓人感覺到他的善良，然而隱瞞肇事者這點則是讓 Nam 感到有些愧疚，但只能繼續裝作不知情。

「你打個電話回去，告訴家人今天晚上要留在這裡。」

Nam 發誓，Kim 的這個語氣絕對不是在徵求他的同意，而是強硬地要求他這麼做。

「為什麼我要留在這裡？」Nam 不解地問。

Kim 將他放在椅子上，接著唇邊逸出一絲冷笑，笑意中帶著讓人心驚的寒氣。

「如果你不願意去醫院，就得待在這裡，確保你是

真的沒事，你同意我的說法吧？」他笑笑地從褲子裡拿出了手機並交給了他。

之前只是一個吻都讓自己快要無法呼吸了，要是讓他們同床共枕，那他會不會直接升天？

絕對不要和魔鬼睡在同一間房裡！

當那位魔鬼學長強行把他抱到臥室、強行蓋上棉被，並強迫讓他睡覺的同時，Nam 只能僵硬地躺在柔軟的床上，然後⋯⋯雖然他曾抗議過，說自己可以去睡客廳的沙發，或者去睡貓房，但抱住他的 Kim 卻這麼回應：

「如果你睡在我看不到的地方，要是半夜傷口感染、發燒、夢遊的話，我怎麼會知道呢？」

於是他就這麼被他強迫躺在床上，就算 Nam 堅持自己可以睡在地板，但當 Kim 一旦決定了某件事時就不容他再有其他意見。

「你睡著了嗎？」

別在他耳邊說話啊！

當 Kim 的氣息噴在了他的耳邊，那聲音離自己很近很近的時候，Nam 緊閉雙唇，感覺臉頰湧上一陣熱潮，Kim 收緊了摟在自己腰際的手，讓他的背抵上了那堵寬闊的胸膛，直接感覺到從他身上傳來的溫度，Nam 忍不住暗忖，這衣服根本完全沒有任何的阻隔作用。

「你為什麼要抱著我？」

「因為我想抱著你。」高個子任性地開口。

聞言，Nam 覺得自己的身體更熱了，他此時毫無睡意，內心其實還有很多問題想要問他，例如⋯⋯為什麼 Kim 要對他這麼好？

抱著他、親吻他、擔心他，而他們現在，同床共枕。

「當你說你被車撞到時，我嚇了好大一跳。」Kim 一邊開口埋怨，一邊緊緊地擁住他，並將臉埋進他淺棕色的頭髮裡，明明用的是同一款的洗髮精，但聞起來卻比之前的還要來得香。

「但你看起來很生氣，好像我對 Candy 做了什麼不好的事。」Nam 小聲地反駁道，他可沒忘記 Kim 生氣怒吼的樣子，而且他的口氣好像認為自己不應該就這樣帶貓去洗澡。

「你應該在那之後直接打電話給我的。」

「因為你擔心 Candy 嗎？」他低聲地問。

Nam 必須慶幸現在整間房間陷入黑暗，對方看不到他的表情和眼神，但也正因為如此，當得不到身後人的回應時，他再度開口：

「Kim，你睡著了嗎？」

「我當然擔心 Candy……」Kim 回應了他剛才的問句，Nam 甚至可以感覺得到他在看著自己，他只能閉上雙眼，感受他在自己耳邊低語，「但我更擔心你。」

「Kim。」Nam 睜開了雙眼，在眼睛適應了黑暗之後，他轉過身看向那張有一部分隱藏在黑暗裡的帥氣臉龐，直視著他閃閃發亮的眼神。雖然現在的他害羞不已，但他仍然鼓起勇氣問：

「你……對我是什麼感覺？」

Kim 用指尖輕撫著 Nam 柔軟的臉頰，接著將他的臉靠向自己，兩人的唇只距離幾公分，眼見就要貼了上去。

「你認為我對你是什麼感覺？Nam？」

語畢，他便印上了 Nam 柔軟的雙唇，不斷地用溫柔的吻來告訴 Nam 自己的感受，那是 Nam 從未有過的

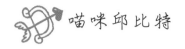

經驗，他只能微弱地發出了聲音，並且雙手不自覺地環住了 Kim 的頸項，選擇卸下了偽裝，讓對方肆意地撫摸著自己。

就在天空布滿星星的夜晚，Nam 意識到，自己的身體已經默許了 Kim 的靠近；而他的心，也早已悄悄屬於這個外表看起來很冷酷，但內心溫暖的貓主人了。

早晨的陽光灑進了寬敞的臥室裡，那位白皙皮膚上布滿紅如玫瑰花印的睡美人正躺在床上，眨了眨仍有些惺忪的睡眼，並揉了揉自己的眼睛。

「醒了嗎？」

只是聽見一旁比自己起得更早的男人一句簡單的問句，就讓 Nam 驚呼出聲，腦中開始回想起昨天晚上發生的點點滴滴，感覺心臟都要跳出胸口，不得不逃避似地將臉轉向另一邊，但由於動作過大導致牽扯到身上的傷口，痛得他陣陣呻吟。「痛！」

「很痛嗎？我昨天已經很努力不去碰到你的傷口了。」

　　可惡，Kim，不要裝作一副你不知道我為什麼會痛的樣子！

　　Nam 在內心忍不住抗議，他沒有選擇回嘴只是閉上了雙眼。

　　當 Kim 提到傷口他就忍不住想起昨天晚上的事情，害羞到讓他無法直視那個抱自己的人，他索性閉上雙眼當個駝鳥。

　　「昨天有碰到你的傷口了嗎？」

　　Nam 使勁地搖搖頭，雖然膝蓋和手肘的傷口都還有點不舒服，但目前影響最劇烈的是昨天晚上新增的傷。

　　「還是說，昨天晚上……」

　　這次，傷患閉上雙眼點點頭，所以他沒注意到 Kim 那帶著笑意的面孔，似乎很滿意他的反應，接著 Kim 站了起來，抽走 Nam 身上的毯子。

　　「喂！」

　　「有什麼好驚訝的，我昨天還幫你把衣服穿上了。」他的語氣聽起來輕描淡寫。

　　Nam 緊咬雙唇，拒絕和他眼神交流，直到 Kim 再度地抱起了他，經過昨天一晚上的照顧，已經讓 Nam 習慣攀住他的脖子。

「Kim……你要帶我去哪裡？」他慌張地開口問。

「洗個澡，不然要來不及了。」Kim 的口氣有著笑意。

「我可以自己洗、我可以自己洗！」Nam 抓著對方的睡衣急忙開口說道。

但 Kim 似乎並不打算改變自己的想法。

「不行，如果傷口被水潑到了怎麼辦？放心吧，我會好好處理的。」

Nam 覺得自己好像看到了 Kim 的另外一面，不管是冷漠或者帶著笑意的溫柔臉龐，但不管自己怎麼看，現在的 Kim 看起來都很危險。

最後，Nam 放棄了掙扎，他很慶幸 Kim 遵守他的諾言，沒讓自己的傷口碰到水，雖然，這比昨天的車禍來得更痛啊。

9
過度的溺愛

如果你問 Nam 現在有什麼感受，他只會回說……
非常的尷尬，除了尷尬還是尷尬。

「Kim，你可以不用送我進教室。」打從下車後，
Nam 就忍不住小聲地開口，那位學長溫暖的手掌一直扶
在自己的腰際上，雖然目的是為了要支撐住他，但在外
人看來就像是攬住了他的腰一般。

更別說他們已經吸引了所有學生的目光。

「你受傷了，如果不小心讓你摔得更慘，那就不好
了。」

「你才是那個讓我傷害加重的人！」Nam 小聲地咕
噥道，但 Kim 似乎裝作沒聽到的樣子，臉上的笑意早就
透露了一切。

寫他在眼裡的寵溺和臉上的笑容，反而讓周遭的人
看得目瞪口呆，沒想到 Kim 學長也能露出這樣的笑容。

「因為我知道自己也是加害者之一，所以我自願送
你到教室。」

Nam 實在無法和他爭論，本來想拒絕他的好意，但
要是自己再反抗，難保不會被他直接抱進教室。

他可不想再被他的粉絲摑第二次耳光。

「啊，我的教室到了，你可以走了。」

「你就這麼絕情地趕走我了？」

「我哪敢趕你走啊？」

是的，我想趕你走，求你趕快走吧，我快要尷尬死了。

Nam 覺得自己雙頰泛紅，即使是自己現在用著請求的眼神看向 Kim，他也不願鬆開摟住自己腰際的手。

「好吧，我帶你到座位上。」

「等等！再囉嗦的話那我要趕人了！送到教室就夠了！」Nam 連忙喊出聲，他不敢看向四周，尤其距離上課時間越來越近，教室裡已經坐滿了一半的學生，而視線全都集中在他們兩人身上。

到底自己為什麼會拖到這麼晚才進教室，罪魁禍首就是身邊那個人！

與此同時，Kim 對於 Nam 害羞的樣子感到很滿意，也並不在意他說的話，反倒感覺很好。

Nam 是如此可愛，導致他完全不想離開視線。

「不，我要帶你去座位上，而且我要和你朋友聊聊。」

「你想和 YongGwang 聊聊？」Nam 不解地看向他，他實在不知道 Kim 和他的朋友能聊什麼，甚至不等自己

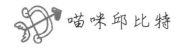

反應，Kim 就將他的身子轉向教室，手搭在他的肩膀上一副宣示所有權的樣子，帶他走了進去。

「……」

唉，這種被人注視的感覺實在太討厭了。

當他們走進教室時，瞬間鴉雀無聲，唯一一個不受影響的人，就是……

「Nam，坐這裡！」

YongGwang 向他揮手示意，Kim 同時瞪了一眼他，但仍然領著他往 YongGwang 的方向走去，Nam 只能低著頭當個鴕鳥。

「Kim 學長，你今天還把我朋友送到教室啦？」YongGwang 朝著走來的兩人露出了友好的笑容，Kim 回以一記冷笑。

「不關你的事。」

YongGwang 將雙手舉高過頭頂裝作投降的樣子，但當他看到好友像煮熟的蝦子一樣紅透的臉，再看 Kim 那副防備的表情時，就猜到了大概。

這次，他們肯定開花結果了。

「如果你還感到疼痛的話，記得打電話給我。」Kim 轉過身，對那位始終低頭的人開口。

疼痛？哪裡疼痛？YongGwang 不解地暗忖。

「只是還有點痛而已，沒什麼大礙，可能還不太能正常的走路。」Nam 抬起羞紅的臉回答了 Kim。

一旁的 YongGwang 仔細端詳好友的表情，再分析剛才的對話，忍不住聯想到了其他的地方去。

難道……Nam 比他想像得還要開放？

「那我去上課了。」Kim 不太喜歡被人一直盯著看，也沒什麼留下來的理由，於是便開口說道。

Nam 大大鬆了口氣，似乎是在慶幸他終於想到要離開的樣子，但這反而讓 Kim 感到有些不悅。

「不要輕易在別人面前做出這樣的表情。」他單手撐在桌子上，低下頭在他耳邊輕聲地開口，因為他的唇距離自己的臉頰很近，讓 Nam 的雙頰又再度紅了起來，甚至都能感覺到他的氣息。

接著 Kim 滿意地看著 Nam 的反應，嘴角淺淺地勾起一抹壞笑，轉身離開了教室。

「Nam！！！！！」

「天啊，學長對你做了什麼？」

「為什麼學長要送你來教室，而且還吻了他的臉頰，我不同意！」

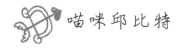
「不會吧，學長不是喜歡女人嗎？」

「如果學長可以接受男人，那我也有希望了。」

Kim 前腳才剛走，教室裡的學生全都圍了過來，哀嚎聲此起彼落，當他們你一言我一句地追問著 Nam 時，他只感覺到自己的頭跟傷口都在隱隱作痛，所以不敢迎向任何人的目光。

他早就知道如果讓 Kim 送自己來教室會有這樣的下場了！

「你們在吵什麼，走廊上都聽到你們的聲音了。」老師的訓斥解救了被包圍的 Nam，大家聞聲立刻鳥獸散，但眼睛仍然停在 Nam 身上。

「所以你現在和 Kim 學長……在一起了嗎？」YongGwang 小聲地問著自己的好友。

Nam 聞言嚇得被自己的口水嗆到，他立刻轉身看向好友。

「你怎麼知道？」他們有那麼明顯地表現出來嗎？

好友的聲音再加上驚訝的表情讓 YongGwang 差點笑出聲來，他接著開口：

「學長不是說，你如果感到痛的話要打電話給他，而且你自己也說了走路不太方便不是嗎？這樣還不夠明

白嗎？」

「你瘋了嗎？我的痛指的是這個！」Nam 立刻反駁道，但在注意到老師投來的視線後，他不得不稍微冷靜下來，接著捲起袖子——那是 Kim 逼迫他穿的長袖襯衫，讓 YongGwang 看自己手肘上的傷口。

「哇，Kim 學長這麼激烈地對待你嗎？」

「不是！我這是被車撞了！」Nam 氣到想打他的好朋友，但由於他的臉頰實在太躁熱了，他便將真相直接告訴好友，省得他再臆測自己和 Kim 的關係。

「什麼？被車撞了？」YongGwang 眉頭輕皺，原本還在開玩笑的表情突然變得有些擔心。

Nam 嘆了口氣，接著說：

「我昨天被車撞的，沒什麼大不了，膝蓋和手肘上都有傷口，被 Kim 發現了。」

YongGwang 稍微鬆了一口氣，開口：「但 Kim 學長一副是自己弄傷你的樣子，如果只是小傷的話，為什麼他要特地送你到教室來上課？難道後面還發生了什麼更痛的事？」

「沒什麼好奇怪的，他只是擔心我而已，不管對象是誰，他都會做同樣的事。」

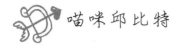

　　「但據我所知，Kim 學長從來沒有送過誰去上課，就算他以前有女朋友的時候，也不曾送她進教室。」YongGwang 淡淡地開口，因為早有耳聞過 Kim 的事，所以大概也知道他日常生活是什麼情形，所以他才會感到如此的訝異。

　　「從來沒有過嗎？」Nam 看向好友的眼底有些驚訝，他大概沒察覺到自己已經因為這句話而有所動搖。

　　雖然沒看過 Kim 自稱誰是他的女朋友，但他知道至少自己擁有了前所未有的特權，這件事讓他感到很開心。

　　「就我所知，是沒有。」

　　「那邊那兩位，你們還要聊很久嗎？如果還要繼續聊的話就去教室外面聊。」但在那之後，老師的話澆熄了 Nam 的喜悅，正聊得起勁的兩人回以老師尷尬的笑容，接著將目光轉移到書本上。

　　「我覺得等下中午用餐時，Kim 學長也會來找你。」YongGwang 趁老師不注意時，小聲地對好友說道。

　　「不可能的，Kim 中午都跟朋友一起用餐，他不會特別繞過來接我的。」

然而到了中午用餐時刻，YongGwang 的預言居然成真了。

　　「你來這裡幹嘛？」Nam 看向那個老師前腳才剛走他後腳就進來找上門的男人，他走過來的速度快到讓其他想八卦的人都靠不上去，只是對方似乎不滿意他的疑問，眉頭輕皺，用兇猛的眼神看著他。

　　「為什麼我不能來？」

　　「我只是很驚訝而已。」

　　「從今天開始你不用感到驚訝了，因為我每天中午都會來接你吃中餐。」

　　「蛤？！」Nam 不敢相信自己所聽到的，他目瞪口呆地看向 Kim，想從那張正經的臉看出些端倪，但一對上那冷峻的雙眼時，自己便不由得心跳加速。

　　他承認喜歡 Kim 這麼關心自己的感覺，但其實他真的不用做到這個地步。

　　如果 Kim 親自公布了他們的關係，Nam 基本也不會有任何的反駁，但在他還沒將一切公諸於世之前，

Nam 不想讓別人誤解他們的關係。

如果昨天晚上只是一個錯誤，他不想讓 Kim 因為這個錯誤而失去追尋其他更好對象的機會。

Nam 內心消極的想法此時全寫在臉上，Kim 見狀眉頭輕皺，大手揉了揉他的頭。

「怎麼了嗎？」

「不，我沒事。」Nam 搖搖頭，不敢對上他的視線，他雙手有些慌亂地收拾自己的舊背包，甚至連拉鏈都還來不及拉上便被 Kim 抓住了手，包包直接拉到他的肩上。「呃，別抓我的手，會被別人誤會的。」

Nam 急著想掙脫他的手已經讓 Kim 感到有些沮喪，他會擔心被誰誤解，而那個別人除了 YongGwang 不做別人想，都已經做到這種地步了，難道 Nam 還看不出來自己對他是什麼想法嗎？

是的，對於像 Kim 這樣的人物來說，他全身上下散發出來的感覺都像是在宣示主權，但既然 Nam 不願意這麼想，他只好轉過身準備離開教室，見 Nam 沒跟上，他又停下來開口：

「走吧，我餓了。」儘管沒有開口承認他們是交往關係，Kim 還是不想讓 Nam 自己一個人去吃飯，他不

想再讓昨天的事情再度發生。

　　Nam 匆忙地向好友道別，接著不顧腳上的傷加快腳步只為了跟上 Kim，直到前方的人露出了擔憂的表情，放慢了步伐。

　　「你是不會開口提醒我，你的腳受傷了嗎？」Kim 的口氣有著不悅，只是 Nam 知道，這是他表達關心的一種方式。

　　「Kim，你和那個叫 Nam 的學弟是怎麼回事？」

　　沒有課的下午，Kim 和他的朋友坐在學院南方的桌子認真地念著書，就在同時，一群年輕的女人走了進來，並好奇地問了這個問題。

　　那個問題讓在場所有人全都安靜了下來。

　　「嗯，這件事我們也有聽說，學弟學妹都在傳你追著那個學弟跑。」

　　「而且你中午還接 Nam 去食堂吃飯對吧？很多人都看到了。」另一個女學生補充說道。

　　Kim 闔上了原本在看的書，淡淡地開口：

「如果不去食堂吃飯會被 Nam 拒絕，因為他覺得其他地方的東西很貴，所以我只能帶他去食堂用餐。」

認識 Kim 的人都知道，會讓他放下身段去遷就另一個人，就表示那個人在他心目中真的很特別。

另外，Kim 也不是那種會在意浪不浪費的人。

「所以你們是怎麼回事？」

「怎麼了嗎？我和 Nam 做什麼事跟誰有關係嗎？」Kim 直截了當地回道，他抬頭看著站在面前的人，對方故意低下了頭，目光往下就可以看到她胸前的乳溝，但 Kim 並沒有任何的反應，這讓女學生感到有些失望。

「呃……就是因為有人在猜測，所以我才想說來詢問一下。」

Kim 回想起自己中午去接 Nam 時，他那副不想被別人誤會的樣子讓他忍不住嘆了口氣，並揉了揉發痛的太陽穴。

Nam 對他的影響比自己預想得還要來的大。

就是因為 Nam 避嫌的反應，讓 Kim 不得不在這個時候如此回應。

「沒什麼大不了的，Nam 在幫我工作，所以我去找他也很正常。」

也許這是 Nam 想要的結果吧。

Kim 看向另一個方向，但他的回答卻讓女孩們笑得很開心。

「所以是真的沒什麼嗎？」WonHee 好奇地開口問道，這讓他的好友 Kim 回頭看向他。

「你想知道我和他有什麼關係嗎？」他的好友相視一眼，接著大笑出聲，用力地拍了拍 Kim 的肩。

「哦，Kim 先生，你的樣子實在太明顯了，我們認識這麼久，從沒看過你這麼小心呵護一個人。」

「而且你知道嗎？你最近的行為真的很奇怪。」另一個人補充說道。

「是的，像我們 Kim 這種挑剔的個性，明明討厭人多的地方，以前就算我們說要去食堂吃飯，你肯定也不會搭理我們對吧？」

「光看就知道 Nam 對你來說很特別。」

他的朋友總結，這讓 Kim 不由自主的臉紅了起來，但他仍然是板著臉，瞇細了雙眼，淡淡地開口：

「所以特別的意思是什麼？」

WonHee 用力地拍了他好友的肩膀，笑笑地開口：

「就是愛啊，朋友。」

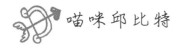

Kim 已經很久沒有感受過這個字了，於是他陷入了沉思，手不經意地輕撫掛在胸前的戒指項鍊。

我是愛著你的嗎？ Nam ？

「你就只是被 Kim 學長的僱用對象，別再像他戀人一樣纏著他了。」

這是怎麼回事？他就只是順道去趟洗手間，居然會被人群給包圍住？ Nam 簡直想長嘆一口氣。

自從他發生車禍已經過了三天，這三天內只有一天真正地回到了家，而且會回家還是因為被 Kim 命令要拿換洗的衣物，接著就被他帶回了公寓，至於強迫他留在那裡的理由是……因為要確保他的傷口完全痊癒沒有併發症，避免不會在三天內因為感染而小命不保……總之種種原因，Nam 已經放棄掙扎了。

而且還不只這樣，Nam 每次離開教室都會遇到 Kim 在門口堵自己，有時候會被他拖到籃球場，有時會被他拖到學長的教室去上課，甚至有時候會直接被拖回家。

由一連串的行為舉止看來，Nam 一點都不像 Kim

的男朋友，反而是 Kim 才像是 Nam 的男朋友一般。

　　即使如此，Nam 還是告誡自己不要想太多，Kim 學長很善良，他會這麼做只是因為自己帶 Candy 洗澡時受了傷，但另一部分他又忍不住在內心遲疑，如果只是擔心傷勢的話，會在每天晚上都抱著自己睡覺嗎？

　　「我不是 Kim 的男朋友。」為了怕自己再被搧一次耳光，Nam 往後退了一步。

　　「那你們為什麼總是黏在一起？不就是因為你纏著學長的嗎？」

　　Nam 有時都想問她們，到底有沒有把眼睛帶在身上？

　　「我沒有……」

　　「我不知道你到底是用了什麼花招讓學長這麼縱容你，但麻煩你停止所有和學長有關的行動。」

　　「不要利用學長的善良而肆意妄為，他不是你高攀得起的。」

　　她們你一言我一句完全不聽 Nam 的解釋，這讓他感到有些生氣，他只想趕快回到教室，不想再被這群女人的話影響心情。

　　「我從來沒有想過要高攀他，Kim 不是已經說過我

們只是僱用關係了嗎？既然如此我和他經常一起出現那有什麼好奇怪的？」

這也就是為什麼 Nam 總是要自己不要想太多，Kim 已經說過他們只是僱用關係，老闆擔心員工有什麼問題……雖然他的心有點痛。

Kim 連和自己上床都是因為僱用關係嗎？

「別再去 Kim 學長那裡工作了！」

Nam 實在很想回嘴說，打從一開始就是 Kim 強迫自己留下的。

「我是因為……」

「我會繼續僱用他的。」

「Kim 學長……」

就在這個時候，女孩口中正提到的人名，此時出現在她們的面前，只見 Kim 從遠方走來，雙眼直盯著堵住 Nam 去路的人，他越是繼續聽這群人讓 Nam 放棄工作的警告就越是火大。

他絕對不會讓 Nam 辭職。

「呃……Kim 學長，我們……」

在女孩們找藉口之前，Kim 走向了 Nam，並將手搭在他的肩上，如刀般的目光看向在場的其他人，並用平

靜的口吻開口：

「不要再找 Nam 的麻煩了，也不要認為我會解僱他。」語畢，便掃了一眼那群來找麻煩的女學生們，帶著他離開了那裡，而那些女人也只能露出乾笑讓 Kim 帶走 Nam。

「你的親衛隊實在是太可怕了。」

「你為什麼不把這件事告訴我？」

又來了，他又一副準備要發脾氣的樣子。

Nam 忍不住做了個鬼臉，視線對上那個一臉兇狠的男人，但在感受到了 Kim 的擔心，於是便輕輕地開口：

「她們只是來虛張聲勢而已，沒必要大驚小怪。」

「但不管怎麼樣你都應該要告訴我的。」Kim 的口氣充滿不悅，他上下審視 Nam 的身體確定他是否真的沒事，接著輕輕地嘆了口氣，將額頭靠在他的額頭上，「答應我好嗎？以後不管發生什麼事都要告訴我。」

這是第二次看到那祈求般的眼神了，跟之前哀求自己留在他房間裡的眼神一模一樣，每次被他這麼看都會感到心軟。

「好的，我答應你，以後不管發生什麼事我都會告訴你。」Nam 用微弱的聲音回道，從現在開始，他不會

有所隱瞞的，只是那天車禍的事他不想再提，就讓一切都過去吧，然後默默地結束就好。

只要感覺到 Kim 在擔心自己，他就會像現在這樣不由自主的心跳加速。

儘管他還不知道他們之間算是什麼關係，但若 Kim 覺得自己很重要……這就已經足夠。

Kim 漂亮的雙眸映著 Nam 的身影，他的手扣住了 Nam 的後頸，接著輕輕地在他唇上烙下一個吻，一開始 Nam 還有些抗議，但很快就沉醉在這個溫柔的吻裡。

「去上課吧，下課後我會去接你的，Candy 很想你。」

紅暈浮上了 Nam 的雙頰，眼前的這個男人老是愛用貓當藉口，故意說些讓他心跳加速的話，想念自己的真的是 Candy 嗎？

Kim 看著 Nam 轉身回到了教室，不由自主地伸手輕撫自己的嘴唇。

「也許如同 WonHee 所說的那樣，我真的愛上他了。」

而這所有的畫面全都落入了他們身後一位女孩的眼裡，她握緊拳頭，看著自己暗戀許久的學長居然對 Nam

做了那些舉動，心碎讓她妒火中燒。

　　她怎麼可以輸給一個男人，還是輸給一個所有條件
都不如自己的男人！

10
一場以男朋友
為結局的戲

上午的課一結束，學生們都往食堂移動好尋找可以填飽肚子的食物，這當中包含了 Nam 和 YongGwang，兩人也同樣感到飢腸轆轆。

「真奇怪，你今天居然是自己來上課的，而且學長中午也沒有出現。」YongGwang 邊說邊往嘴裡送了一口牛丼，好奇地看向去買水回到座位的好友。

「Kim 還在生我的氣。」Nam 輕嘆了口氣開口回道。

「怎麼了嗎？」YongGwang 不解地問，接過好友幫自己打開的水，還不忘向他道謝。

「沒什麼。」一想到昨天的事，Nam 的臉頰就不由得紅了起來。

自從自己被拖到 Kim 的公寓裡住已經過了一個星期，傷口其實都好得差不多了，只剩下一點點結痂，但 Kim 仍是不放他回家，其實他有點擔心，畢竟就算是男朋友也不能免費的白吃白喝，再說自從他住進去後完全沒做到打掃房間的工作，於是昨天就很堅定的表示母親和妹妹要求他回去別再借住朋友家了，Kim 雖然表面上是同意送他返家，但從公寓到他家這一路上誰都沒有開口說話，就算自己下車也不吭一聲，Nam 只能自己先開口向他道別。

　　今天，他堅持不讓 Kim 到他家去接他，而這次 Kim
卻散發出一種幾乎快要讓人窒息的氣氛，所以他沒有出
現在教室接他去吃飯也是意料中的事。

　　「你的臉看起來不像沒事」

　　「唉……我不知道該怎麼說才好。」Nam 又再度嘆
了口氣，咬了一口紫菜包飯，接著拉開了舊書包掏出了
一個袋子，「給你，為你做的。」

　　「哇，我好久沒吃你做的麵包了。」YongGwang 喜
形於色，一把抓了過來放進自己的包裡。

　　Nam 看著他的舉動尷尬地笑了笑，他實在開不了口
這其實是要做給那個在體育館裡的人，然後順道做給朋
友的。

　　等下吃完飯後再偷偷地拿麵包去跟體育館裡的 Kim
賠罪好了，不知道這麼便宜的東西他會不會接受。

　　「YongGwang。」

　　「什麼事？」一名年輕女子的聲音在 YongGwang 身
後響起，他轉過頭看向來者。

　　「老師在找你。」

　　「現在找我？我還在吃飯。」YongGwang 不解地開
口，並指向自己盤子裡的東西。

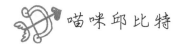喵咪邱比特

「說是有急事。」女子又再度催促似地開口。

YongGwang 只好將盤子推向好友的方向，並對他說道：

「幫我看好，別讓阿姨收走我的盤子，我馬上回來。」接著他便抓起礦泉水，跟著女孩走了過去。

「快點回來，我還要去體育館哄人呢。」Nam 喃喃自語，低頭默默吃著飯進入了自己的世界裡，他的生活很平凡，學習、打工和認識幾個較友好的朋友，所以沒注意到面前站了一個女人。

「Nam。」

他嘆了口氣，最近怎麼老是有人喜歡喊他的名字？

Nam 抬起頭看向那個喊自己名字的人，一時愣住。

來者不是別人，正是那個開車撞自己的罪魁禍首。

「你還記得我是誰嗎？」她臉上有著大家都熟悉的甜美笑容，但若不是自己曾遭遇過她的毒手，他可能也會被她的笑容所迷惑。

「請問有什麼事嗎？」

「我有說過讓你不要黏著 Kim 學長的吧？你為什麼不聽呢？」PaNeum 臉上的笑容依舊是如此地耀眼。

Nam 嘆了口氣，即使自己並不是個喜歡主動惹事生

非的人，但對方太過得寸進尺的話，自己也不會再繼續容忍下去了。

「我沒有黏著他，是他來找我的。」

PaNeum 愣了片刻，她從來沒想過眼前的人會說出這樣的話，一開始她以為 Nam 會四處去宣揚她對他做過的事情，還在猜想自己的形象良好，肯定不會有人相信自己會做出那樣的事，到時大家就會將矛頭指向 Nam 這個造謠者，但沒想到一切都像是沒發生過一般。

她千算萬算都沒算到，自己的威脅居然是促使 Kim 學長跟他感情變得更好的催化劑。

「因為妳那次差點撞到我，所以 Kim 不放心讓我自己一個人，會有今天這樣的結果都是妳造成的。」Nam 輕聲地開口，他沒有想其他的，只是把實際的情況告訴她而已。

「是你讓他同情你的！」PaNeum 咬牙切齒地大喊道。

Nam 搖搖頭，唉，因為她，感覺這頓午餐都變難吃了。

「我也向 Kim 提過不需要接送我，只是他不聽，或許是出自同情的心態吧，但是他不允許我回家並且讓我

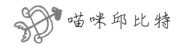

留在他房裡的。」

　　Nam 放下了手中的午餐，雙眼直視面前的女人，儘管她臉上仍帶著笑意，但任誰都看得出來她眼裡的怒氣。

　　他是無意之間在火上加油了嗎？

　　「你還去學長的房間了？」

　　「是的，自從妳撞到我的那天起，已經快一個星期了。」

　　Nam 看得出來她一副想吃掉自己的樣子，並且雙手握拳放在桌上，好像下一秒就準備要朝他揮來一拳。

　　「如果妳說完了，我能吃我的中餐了……」

　　他的話還沒說完，另一個女生就插嘴開口：

　　「別說了！不管 Kim 學長是不是黏著你，你都別再去糾纏他了，離開他的生活吧。」

　　Nam 朝面前用嚴肅口吻威脅他的女生嘆了口氣。

　　「這也就是我為什麼勸你離開 Kim 學長，你不知道現在學校裡傳得有多難聽嗎？一個大三學長抓住一個一年級的新生強迫當自己的男朋友，也不掂掂自己的斤兩，要臉蛋沒臉蛋，要家世背景沒家世背景，你哪來的勇氣和學長平起平坐？該離開的人是你！」

　　Nam 陷入沉默，接著緩緩開口：「這可不是一場偶像劇。」

　　「你說什麼？」

　　「我的意思是，當妳說我們不適合時，有沒有想過我並不是一個眾星拱月的女主角，我只是一個員工，為什麼得按照妳說的去做？」

　　他們的關係就只是老闆與員工，為什麼非得按照她的指示去做？再說了 Kim 讓他別去在意其他人說的話，既然如此他也可以裝作沒聽見。

　　正如同好友 YongGwang 所說，Nam 生活在現實世界裡，他不像 Kim 那樣受萬人景仰，現在 Kim 對自己可能就只是因為好奇，畢竟之前從來沒有接觸過像他這樣的人，所以當下他也盡可能的想多感受幸福，直到 Kim 厭倦自己的那一天為止。

　　「所以你的意思是，你不會離開 Kim 學長的生活？」

　　「是的，我不會離開。」Nam 毫不猶豫地點頭，他的反應讓面前的人大聲尖叫，眼眶裡也泛著淚水。

　　「你為什麼這麼過分？！」

　　「什麼？」

　　Nam 還沒反應過來，面前那個憤怒的女子立刻朝他

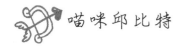
搧了一巴掌，尖叫聲響徹了整個食堂，他只能撫著自己被打的臉，看著那個打他的人淚如雨下。

他居然又被打了一巴掌！

「你怎麼能這樣跟我說話？我只是好心在警告你有很多人喜歡 Kim 學長，所以你要小心自己的言行舉止，再說了我有冒犯到你嗎？沒錯，我是也喜歡 Kim 學長，但我只是想祝你一切順利而已！」

「喂，你為什麼這麼對 PaNeum ？」

「實在是太過分了，看看你自己的樣子，再看看 PaNeum，簡直不是同一個等級。」

「那人是誰啊，怎麼有膽做這樣的事？」

就這樣，食堂裡的人全都用不友善的眼神看向了 Nam，再夾帶著幾句批評的聲音。

而梨花帶淚的 PaNeum 偷偷地露出了詭計得逞的笑意，如果今天還不能讓 Nam 變壞人，她就不叫 PaNeum ！

「什麼？我什麼都沒說啊！」Nam 忍不住為自己辯解，他環顧四周朝自己投來的責備眼神，感到有些不知所措。

「所以你是想說我自作自受嗎？你剛才說我是失敗

者，因為 Kim 學長選的人是你，還說我是一直纏著 Kim 學長的壞女人，就算他選的人是你，難道我沒有權利偷偷地喜歡 Kim 學長嗎？」

　　她的話成功引起眾人對她的同情，因為大家都知道這位漂亮的二年級生 PaNeum 一直以來都表現出喜歡 Kim 的樣子，但她卻從未做過任何踰越的行為。

　　「妳在說什麼？我根本沒這樣說！」

　　「喂，你還算是個男人嗎？你為什麼要否認自己說過的話？」周圍批評 Nam 的聲音越來越大，他只能無助的咬著自己的嘴唇，因為不知道該怎麼解決現在的困境。

　　看著臉色蒼白的他卻不肯道歉的樣子，PaNeum 哭得越兇了。

　　「你是在責怪我嗎？」她繼續開口。

　　「妳還真是個雙面人，剛才說的話和現在說的話完全不同，妳真的認為 Kim 會愛上像妳這樣表裡不一的人嗎？」Nam 知道不會有人相信他的說法，他在學校裡像是個透明般的存在，所以比起自己，人們更願意相信漂亮的 PaNeum，但他也不願意輕易認輸。

　　即使如此，他還是想說實話，依自己對 Kim 的了

解，他是絕對不會看上她這種雙面人的。

「你怎麼可以說這樣的話！」周遭的人似乎不滿他的言論，出聲嗆道。

「我只是在闡述事實，Kim 又不是個傻子，他會看不出來妳是什麼樣的人嗎？像妳這種外表裝成一副天真善良骨子裡卻是壞事做盡的女人。」

PaNeum 一氣之下又動手打了他，這次讓 Nam 痛到眼淚都流了下來，如果面前站著的不是女人，他一定會動手反擊。

「你的話也太過分了。」

「對啊，PaNeum 怎麼可能會是壞事做盡的女人？」

「打得實在是太輕了。」

Nam 咬破了自己的雙唇，聽到來自周圍奚落的話語時，他忍不住委屈地落下了淚，但他盡了最大的努力，看向那些數落自己的人，既然都已經被討厭了，那麼他也不需要顧慮什麼。

「妳之前開車差點撞死我，現在還要陷害我嗎？」

「你！」

Nam 的話引起周圍人的騷動，就在 PaNeum 伸手想再給 Nam 一巴掌時，她的手被人抓住，接著低沉的聲

音迴盪在整個食堂。

「夠了！」

PaNeum 看向那個抓住自己手的人，憤怒的表情有著顫抖，她臉色蒼白，落下了淚。

「Kim……Nam 嘲笑我，你要替我做主，他陷害了我……」她惡人先告狀的開口，儘管傷害 Nam 的人是自己，她仍想栽贓他。

「他做了什麼？」

「他要我不要接近學長，還說學長是他的，說我是個失敗者，得不到學長的青睞……雖然學長是他的男朋友……」她委屈地低下了頭，一邊啜泣一邊可憐兮兮地說道。

Kim 放下了握住她的手，接著走向另一個眼眶泛紅的人面前。

「她說的是真的嗎？」

Nam 抬起頭看向站在他面前的人，他的話讓自己感到有些心痛，其他人誤解自己都沒有關係，唯獨 Kim，他不想讓他誤會。

「我沒有……嗚……我沒有這樣說……」他再也克制不住地哭出了聲。

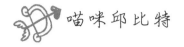

Kim 嘆了口氣，看著淚流滿面的 Nam。

就在大家都以為 Kim 不相信 Nam 的話，甚至 Nam 也認為他不相信自己時，他咬緊了雙唇，不想再哭出聲來。

「天啊，我真的很高興你這麼說。」然而 Kim 卻用力地抱住了他，Nam 露出了難以置信的神情，他感到心臟狂跳，接著抬頭看向他。

Kim 的話是什麼意思？

「我一直在等你願意承認自己是我男朋友的那一刻，然後珍惜我對你的付出，而不是讓我單方面的追著你跑。」

不只是 Nam，連食堂裡其他人都瞪大了雙眼，沒想到事情的發展居然出乎意料。

「Kim……你不生我的氣嗎？」Nam 輕輕地推開了他，並對上了他眼神。

「我為什麼要生氣呢？你現在的樣子我怎麼可能捨得生氣？」Kim 的手輕撫上 Nam 紅腫的臉龐，接著轉頭看向對他動手的始作俑者。

PaNeum 害怕地看向 Kim，她知道他現在有多生氣。

「Kim 學長……」

「我不知道妳是誰，還有妳為什麼喜歡我，但我了解 Nam，他不是妳口中形容的樣子……還有麻煩在場所有人全都聽仔細了，Nam 除了是我的員工，還是我的男朋友。」

Kim 話甫落下，在場所有的人全都面露震驚，簡直不敢相信自己所聽到的，這當中當然包含了 Nam。

「另外，我已經追查好幾天那個開車撞我男朋友的人，沒想到在這裡會得到答案，這樣也好，我能好好地追究責任。」Kim 提高了音量，兇狠的雙眼看向 PaNeum。

PaNeum 臉色蒼白，待在原地不敢亂動。

她沒想過 Kim 會這麼直接就相信了 Nam 的話，而且也沒想過自己居然輸到這種地步，萬一 Kim 繼續追查下去，她肯定會很麻煩。

「Kim，不能就這麼讓他過去嗎？」Nam 拉了拉他衣服的下襬，搖搖頭說道。

他看得出來 PaNeum 在發抖，但他的舉動卻招來 Kim 眉頭輕皺。

「你要再繼續當個好人是嗎，Nam？」

「就……我也沒事了，傷口也好了。」Nam 露出一

抹乾笑，他用微弱的聲音說道，因為他不覺得自己目前有能夠跟 Kim 談判的空間。

「如果我不照你的話去做呢？」Kim 真摯地看著 Nam 的雙眼，凝視著眼前這位已經不再哭泣的人。

「如果你不照我的話做，我就……不當你男朋友。」

你現在還學會威脅我了嗎？ Nam ？

Kim 瞇細了眼看向他，Nam 一對上他的視線就立刻瑟縮。

「所以如果我不追究，你就會當我男朋友？」

「嗯。」Nam 怯怯地點點頭。

Kim 嘆了口氣，決定妥協。

「好吧，那我們是戀人了。」他雖然不是很認同 Nam 的做法但還是先順著他，接著用惡狠的眼神看向 PaNeum，「還不趕快滾，在我改變主意之前。」

就這樣，不只是 PaNeum，連圍觀的人全都呈鳥獸散，當然，本週學校裡的熱門話題只會出現在今天。

「哇，我的天啊！居然是在食堂裡追愛告白，也太不浪漫了吧。」

「YongGwang ！」Nam 紅了臉，看向那個正吹著口哨旁觀好戲的 YongGwang，他眼裡有著嘲笑。

　　事實上當 YongGwang 走到食堂的盡頭時就知道自己是故意被支開的，老師根本沒有急事找他，於是他匆忙地往朋友的方向跑了過去，還沒接近朋友就看到剛才發生的鬧劇，本來打算出手相救時 Kim 就出現了，所以他才站在一旁觀察著。

　　他實在不敢相信像 Kim 這樣的人居然會輕易地就答應男朋友的請求。

　　「關你什麼事？」Kim 用兇狠眼神看向他。

　　YongGwang 舉起自己的雙手，一副無辜的表情拿起了自己的餐盤。

　　「我只是回來拿東西而已。」

　　「你給別人做了麵包，卻沒有給我做？」面前的男人面露兇光地看著 YongGwang 手裡拿的東西，接著轉過頭來看向身後的小矮子。

　　Nam 見狀連忙搖搖頭，接著打開了他的舊背包拿出了另一袋麵包。

　　「我本來打算拿去體育館給你……準備去哄你的。」

　　Kim 大笑出聲，接過袋子並滿意地點點頭。

　　「至少給我的比較多。」語畢，他便將那個還沒吃完飯的 Nam 給拉走了，後者只能嘆了口氣，並跟上了

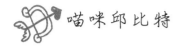

他的腳步，但臉上滿是笑意。

他現在身分是 Kim 的男朋友，所以被拉到哪裡他都無所謂。

「WonHee，我剛才才意識到⋯⋯Kim 學長的行為也很小孩子氣，居然在那裡跟我比麵包的數量？簡直是難以置信。」YongGwang 轉過頭來，對著站在 Kim 身邊的好友開口。

「嗯，我也這麼覺得⋯⋯還是坐下來吃飯吧，我朋友跟你朋友應該不會再回學校了。」WonHee 拍了拍他的肩，就留給那對恩愛的情侶一點空間吧，他們可以平靜的在食堂享用午餐。

「哦，Kim⋯⋯等、等一下！」

他們一踏進豪華公寓裡，Kim 便立刻吻住了他，這個漫長的吻讓 Nam 差點喘不過氣來，只能無力地攀住他。

「不等，你昨天也沒在這裡過夜。」

「因為我要回家⋯⋯啊！」他的話還沒說完就被

Kim 推倒在沙發上，他下意識喊出聲，只見 Kim 跨坐在自己的身上，深情的雙眼直視著他，指尖輕碰他紅腫的臉頰。

「痛嗎？」

「不痛了……至少終於知道我和 Kim 的關係。」Nam 的聲音越變越小聲，他的眼裡寫著內心的感受。

Kim 俯身輕吻了他的嘴唇，說道：

「我以為你不想當我男朋友。」

「那是因為 Kim 你從來沒有開口跟我要求過交往。」

「這麼說來還是我的問題囉？」Kim 語氣帶著一絲尷尬。

Nam 搖搖頭，接著舉起雙手用力地摟住他的脖子，然後在他耳邊輕聲地說：

「我喜歡你。」

「該死的！」

他的告白才剛落下，Kim 便低咒一聲然後吻住了他的唇，這次的吻比剛才的還要濃烈，只是 Nam 卻輕推了他的肩膀。

「那個……Candy 在看。」

那個三個月大的小貓正靜靜地盯著自家的主人和他

的員工所做所為，Kim 只是聳聳肩，一副不在意的樣子回看 Candy 的方向。

「沒事，Candy 已經長大了，被牠看到也沒關係。」

「蛤？」

壓在自己身上的幼稚鬼決定不理會他的任何言語，他要實行自己一直想做的事。

「你這麼可愛地向我告白，我是不會放過你的。」Kim 在他的耳邊輕語。

最後，Nam 只能投降並任由 Kim 胡作非為，而那隻長大的貓則在角落裡翻滾著，完全無視沙發上那兩人之間的曖昧氣氛。

正如 WonHee 所說的，Kim 今天是不可能再回來學校了。

11
偶像女孩

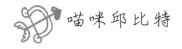

　　Kim 宣布自己有戀人後又過了一個多星期，這一個星期以來 Nam 過得十分混亂，因為之前老是有不少人會圍著他問一堆問題，但奇怪的是，在那之後就再沒人來找他麻煩了，有一部分原因是只要自己走出教室，身邊就會跟著一個高個子，或者是好友 YongGwang，就另一個意義層面來說，他們算是護衛一般的存在。

　　至於曾故意開車撞 Nam 的 PaNeum，聽說她已經轉學到其他大學了。

　　「Candy 你自己好好地待著，做個好孩子，不要再亂抓窗簾了。」

　　「喵喵……」那隻毛小孩長得比之前更大了一些，牠用貓爪拍了拍 Nam 的腿，而他則蹲了下來輕撓牠的下巴，Candy 比以前更喜歡黏著自己。

　　「我去買東西，馬上就回來。」Nam 今天只有半天的課，所以他選擇來幫 Kim 打掃房間，等到晚上隔壁的阿姨回來後，他再去清理她家。

　　然而他卻發現，Kim 家裡的冰箱是空的。

　　他們在正式交往後，Nam 和 Kim 達成了協議，自己每星期只會在這裡待三天，所以當他每次回來，他就會發現 Kim 的房間又再度恢復了凌亂。

　　衣服全都丟在地上、冰箱裡只剩兩瓶水、電視一直是開啟的狀態、每間房間都開了冷氣，完全不擔心電費爆表，而這一切都是為了要告訴 Nam……

　　「你看，沒有你我什麼都做不了，所以搬來跟我一起住就好了。」

　　然而他這樣幼稚的行為還不只這一遭，有一回 Kim 拜訪自己家裡時，他立刻收買了媽媽和妹妹的心，而且他還明確的向母親表明希望兒子能搬去和他一起住。

　　Nam 感到有些心累。

　　照顧貓不累，打掃房子不累，但應付 Kim 很累。

　　所以他今天有空就直接過來打掃房子，好讓 Kim 沒機會回來對自己說他房間又亂了的話。

　　「哦，Nam，你好。」

　　「啊，阿姨，妳好，妳今天回來得比較早。」

　　Nam 在看到隔壁的阿姨出現時停下了腳步，對她露出一個微笑。

　　「因為今天沒什麼其他的事了，所以就提早回

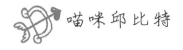

家⋯⋯對了，前幾天我去拜訪了你媽媽，聽說你最近很少回家，是因為有交往的對象所以住在對方家裡嗎？我一直很好奇你的交往對象是誰，是不是真的搬進去了？」

阿姨餘光瞄了一眼他身後的門板，又將視線停在自己身上，Nam 臉上浮現了淡淡的紅暈，不敢直視她那富饒興味的眼神。

「阿姨，我能晚上再去幫妳整理房間嗎？ Kim 的房間裡沒有東西可以吃。」Nam 小聲地回應，他並不是不願意幫阿姨整理房間，而是他想先完成 Kim 房間的清潔工作。

「沒關係，你可以先打掃另一半的房間，等結束了再來也沒關係，阿姨是不會認為 Nam 抓到了長期飯票就馬虎的啊，Nam 還是很可靠的，對吧？」

「放心吧阿姨，我會像以前一樣幫妳整理房間的。」Nam 雖然感覺被阿姨取笑了，但他還是小聲地說道。

「去吧，快點去買東西，你手邊的事忙完再來就好，阿姨的房間也是有些亂。」

Nam 覺得有些尷尬，他不敢直視阿姨的雙眼，只是點點頭。

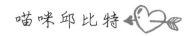

雖然阿姨取笑他，但他莫名覺得……很開心。

「Nam 你來這裡做什麼？Kim 剛走不久。」

Nam 嘆了口氣，當他早早買完東西並想來體育館找 Kim，才一踏進體育館就看到 WonHee 學長一臉疑惑地看著他，似乎在納悶：這對情侶沒事先約好嗎？Kim 匆忙回家，一副著急想見老婆的樣子，而他的老婆後腳居然就走進體育館。

「我以為他還在體育館裡呢，真是奇怪，明明平常都待這裡的。」

「看來他是急著想回某人的身邊。」WonHee 打趣地說道。

Nam 羞紅了雙頰，不太自在地將臉朝向另一邊，接著看到 YongGwang 在跑步的身影，他不解地開口問道：「YongGwang 你怎麼會在這裡？」

「哦，因為主力球員忙著談戀愛，所以我得找人來代替他的位置。」WonHee 解釋道。

「呃，我想我該走了。」Nam 聽得出他話中的調

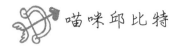

侃，只想儘快離開那裡。

　　WonHee 看著面前的這位學弟，他實在很難想像他們居然會走在一起，畢竟平時的 Kim 看起來就一副不好親近的樣子。

　　「哈哈去吧，我想 Kim 一定會感到很可惜，沒等到你來接他就先走了。」

　　Nam 再也受不了學長的揶揄轉身走出體育館，而且他注意到學長和 Kim 的朋友都在注視自己，那種備受注目的感覺實在是太尷尬了。

　　沒過多久，Nam 就將採買的東西全都帶回公寓，接著打開了門。

　　「我回來了……」

　　「呵呵 Kim，你的貓怎麼這麼可愛？能抱抱牠嗎？」

　　Nam 的話還沒說完就聽到一道陌生的女聲傳來，他感覺心臟漏跳了半拍，並躡手躡腳地走進了房間，並希望事情不是自己所想像的那樣。

　　「不要像在叫女人那樣叫我，SangMee。」

　　但事情並沒有如同 Nam 所預想的那樣發展，只見 Kim 坐在大沙發上，他腿上的貓正一副警戒防備著看向面前的陌生人，而那位連自己都沒看過的美麗女人，正

試圖想要抓住他的貓。

　　儘管 Kim 把貓放在腿上後就沒再和女人有過任何的親密接觸，但 Nam 不得不說，那個女人看起來跟 Kim 關係很好的樣子，而且他以為 Kim 不會將自己養貓的事告訴別人，畢竟他連最好的朋友都不曾提起過。

　　「讓我摸一下，牠的毛看起來很柔軟。」那位叫 SangMee 的女人試圖伸手想觸碰小貓，但 Candy 卻露出了不友善的表情。

　　「喵！」

　　「唉呀，牠會攻擊我。」

　　小貓一看到女人的接近立刻就大叫出聲，毛豎起來並揮舞自己的爪子，讓那個女孩趕緊收回手，她甚至還沒碰到貓。

　　「Candy，你為什麼這麼做？」Kim 立刻低頭斥責，Candy 在接收到他怒氣後，立刻從沙發跳了下來，輕巧地跑到門口，正巧停在那個剛進門卻呆站不動的 Nam 身旁。

　　「喵喵……」Candy 用身體輕蹭著 Nam 的腿，而至今仍找不到出聲時機的 Nam 決定先放下手上的大包小包，順便彎下腰將 Candy 抱了起來，試著樂觀地去想，

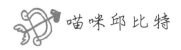

或許這個女子可能並不是自己所想的那樣。

看來他是著急的想回某人的身邊……腦海中浮現了 WonHee 剛才對自己所說的話，只是 Kim 著急回來找的對象可能不是他，而是這個陌生女子。

Nam 深吸了一口氣，迎向了坐在沙發上兩人的注視目光，Kim 對他微微一笑並朝他走過來，他感到內心有些複雜。

「你就是那個大家都在討論的 Nam ？」然而 Kim 的速度沒能趕上他身邊那位身材火辣、面容姣好的女子，她來到 Nam 面前眼底透著好奇心，但因為他懷裡的貓散發出強烈的怒氣，所以她不敢太過靠近。

「嗯，妳是……」他覺得面前這個金色頭髮的女子看起來好像很面熟，但他想不起來在哪見過。

「她是 SangMee，是……」

「是 Kim 最好的朋友。」女子沒等 Kim 把話說完，便打斷了他的話，強調兩人的親密關係。

「我並不想當妳最好的朋友。」

「別這樣，Kim，我們明明還睡過同一間房。」

Nam 聞言瞪大了雙眼，Kim 眉頭輕皺，有些不滿地看著眼前那位開著玩笑的年輕女子，低沉的開口：

「不要讓 Nam 誤會。」

「好嘛好嘛，其實我們也只是睡在同一張床上，但什麼都沒發生。」SangMee 開心地看著站在一旁擁有雪白肌膚的男子，一開始或許還不覺得，但隨著時間的流逝，她開始明白為什麼 Kim 會喜歡這個男孩。WonHee 也曾對她說過，跟 Nam 相處越久就會越覺得他可愛。

只是，從她嘴裡說的每一句話都讓 Nam 更加地自卑，因為他越是回憶起她的身分，就覺得自己的存在越渺小。

「妳是歌手嗎？」

「咦，你認出我了嗎？我沒有化很濃的妝啊。」

Nam 回憶起她似乎是一個偶像女團的成員，因為名字很耳熟，但他平常並沒有在關注時下流行這些消息，所以一時之間沒認出她。

就算是素顏也很漂亮，漂亮得……很適合 Kim。

等等，他在想什麼？

「你知道嗎？自從 WonHee 跟我提過你的事後，我就一直想見你，真的很難想像那個 Kim 居然戀愛了，而且貓也好可愛，雖然牠不讓我摸。」SangMee 開心地說道。

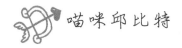

　　Nam 聞言微微一愣，她身為一個偶像女團的成員居然關係密切到直接進出 Kim 的家，而且還對他用那麼親暱的稱呼，不管由哪個角度看來，自己更像是介入他們感情的第三者。

　　「好了，妳看也看到了，該走了吧？」Kim 將手搭在她的肩上，口氣顯得有些不耐煩，他的動作讓 Nam 感到胸口一陣沉悶。

　　「呵咦你這個小氣鬼！之前你甩我的時候，我都沒有跟你發脾氣！」

　　「到底是誰甩了誰？妳才是那個甩了我的人。」Kim 不悅地回道。

　　「我那是逼不得已才離開的。」

　　Nam 看著面前兩人的一言一語，腦海裡回想起之前 Kim 曾說過關於他那個戒指項鍊的話。

　　『是的，人家送的。』

　　『是誰送的？』

　　『一個很重要的人……已經離開我了。』

他緊抿雙唇，Kim 之前曾提過自己的初戀，他甚至可以由他們兩人之間的對話，拼出事情的全貌。

這個叫 SangMee 的女孩，是那個送戒指給 Kim 的人嗎？

腦海中浮現的想法讓他感到心煩意亂，並將 Candy 抱得更緊，直到牠的爪子輕輕地拍在他的臉頰上，他才勉強地擠出笑容。

SangMee 看著面前 Nam 的樣子，露出了一抹狡黠的笑意，接著靠近了 Kim。

「我要離開了，但你會送我的對吧？」她細長的手臂纏上了 Kim，如果是別人早就被甩開了，但對象是 SangMee，所以他只能任由她放縱。

「如果不送妳，妳就不會鬆手對嗎？我還有其他選擇嗎？」雖然 SangMee 的動作讓 Kim 有些惱火，但對於像他這種外表冷漠內心善良的人來說也拿她沒轍。

「那走吧，順便去我們很愛的那間餐廳吃飯。」SangMee 臉上有著甜美的笑容。

Kim 瞇細了雙眼，他還在猜對方到底是在打什麼如意算盤，下意識回頭看向那個抱貓的人。

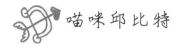

「Nam，我們一起去。」

「呃……不行的 Kim，我得去打掃阿姨的房間。」Nam 搖搖頭，他垂下了頭不和任何人做眼神的交流。

「只有一天不去整理沒關係吧？」Kim 低沉地開口。

「真的不行，我下午還答應阿姨了。」

Kim 嘆了口氣，他知道這件事 Nam 不會妥協，因為他一直覺得那是自己的責任，於是只能先扒掉女孩攀住自己的手臂，在他耳邊小聲地說：「那我馬上回來。」

「好。」Nam 輕聲地回道，在向 SangMee 點頭示意後，便抱著貓走進了貓房。

SangMee 看著他離去的背影，搓著下巴似乎在思考些什麼，嘴角輕輕上揚。

「這就是妳打算做的事？」

「噓，不要現在說，在車上我會坦承一切的，走吧。」語畢，她便用力地拉了 Kim 的手臂，Kim 只能跟著她的腳步走。

當然，在知道有個人在家等自己回來時，他是絕對不會和 SangMee 去餐廳吃飯的。

「別想太多了 Nam，不要想太多。」

「喵喵……」

Nam 抱著膝蓋坐在正吃著貓糧的 Candy 身邊，而小貓抬頭朝自己發出了清脆叫聲，他將手放在牠的頭上，輕輕地搔了搔牠的耳朵，欣慰地露出一絲微笑。

「你在安慰我嗎？」

「喵喵……」Candy 再次叫了出聲，並用貓爪輕拍他的腿，讓原本有些沮喪的 Nam 心情好了一些。

「謝謝你，Candy，但你不要再這樣亂抓別人囉，這樣做不太好，知道嗎？」但他很高興小貓把自己看的跟 Kim 一樣重要，或許是自己從牠很小的時候就陪在牠身邊，「不管怎麼樣我都不需要想太多，就算 Kim 和 SangMee 過去曾經交往過，但那又如何，都結束了不是嗎？」

他自我安慰結束後，再度地摸了摸小貓的頭，接著站起了身準備去打掃阿姨房間。

會在意也是理所當然的吧？畢竟自己男朋友身邊跟著一個漂亮的女孩子，怎麼可能會不在意呢？

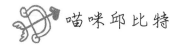

「你昨天為什麼不等我送你回家？」

「因為你回來得太晚了。」

「我八點就到家了。」

Kim 在門口好不容易等到 Nam 下課了，一看到他走出來就立刻衝上前問道，昨天晚上他為了趕緊擺脫 SangMee 連廢話都沒多講立刻開車回家，只是等他回到公寓時，裡頭的人早就不在了，剩冰箱裡放著簡單的食物證明他有來過。

他厚著臉皮去隔壁詢問 Nam 是否還在那裡，卻被告知他早已離開一段時間了，聽到這個答案，自己怎麼能不火大？

好吧，其實他自己也暗自地高興昨天 SangMee 跟他說的那些話。

「嗯⋯⋯我以為你會很晚才回來。」Nam 回道。

「你⋯⋯在吃醋嗎？」

Kim 像是發現什麼新鮮事物一般地看著 Nam 變紅的臉頰，被他躲了一天的沮喪，全都因為他現在的反應

消之殆盡。

原來吃醋這樣的事不只自己會有，連 Nam 也會有嗎？ Kim 忍不住露出開心的笑容。

「不……沒有……」

「你在說謊。」

「……」

「還不承認嗎？」Kim 看著低頭的人，追著要他給個答案，而他最終還是點頭承認。

「我在吃醋。」

「你說什麼？」

「我說我在吃醋！」Nam 猛然抬起頭來，對上了高大男子的滿臉笑意，隨即被對方給用力地抱住了，「Kim？」

Kim 將臉埋進了他的髮裡，低聲地開口：「我很高興看到你吃醋。」

「有什麼好高興的？」

「原來不是只有我會吃醋而已。」

耳邊傳來他的低語，讓原本吃醋的 Nam 終於放下防備，也回抱對方，將臉埋進他的頸窩。

「我和 SangMee 真的沒什麼，不用擔心。」

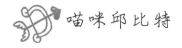

「真的嗎？」

「是真的，自從我遇到你之後，心中就再也容不下別人了，Nam。」Kim 輕吻他的太陽穴，語氣中帶著一絲正經。

被 Kim 緊緊抱住的 Nam，內心的不安也煙消雲散，雖然親密接觸讓他心跳不停，但臉上同時也露出了笑意。

「我知道了。」靜默了好長一段時間後，他才開口說道。

「很乖。」

Nam 害羞地笑了笑，接著感覺到 Kim 的鼻尖輕蹭自己的臉頰，他鬆了一口氣。

只是……當視線無意間瞥見他頸上的戒指項鍊時，他還是會在意，然而，Kim 卻沒有再多說什麼。

Nam 發誓，如果有人能做不到嫉妒，他會和那個人打一架。

一走進體育館，馬上看見那位金色頭髮的年輕女子

在人群中顯得特別的醒目，只見她抱著球，無視規則跑向籃板的另一邊，然後優雅地將球拋進籃框時，立刻引起另一個高個子的不滿。

「妳這是耍賴。」

「你們不從我這裡把球搶走，我就這樣抱著玩了。」SangMee 笑道。

Kim 和他好友們縱容的舉動讓館內的其他人都對他們產生了好奇，並停下了動作將目光投向他們。

「那個女生看起來很眼熟。」

「SangMee，不就那個女偶像嗎……Kim 的前女友。」

「喂！」YongGwang 有些難以置信地看向身旁的好友，接著轉頭望向那個漂亮的女孩，只見她一投進球後便跑到 Kim 身邊，一把抱住了正在搖頭的他，而 Kim 也任由她抱著毫無反抗。「你沒感覺了嗎？那女人抱住了 Kim 學長。」

「Kim 沒有意見。」

其實 YongGwang 真的很想說比起跟一個男人在一起，正常男人都會選擇那位漂亮的金髮女子，他承認自己會有這樣的想法，但他說不出口，因為他朋友現在看

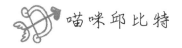

起來很難過。

「我想 Kim 學長也沒有其他的意思吧，你也別想太多了。」

Nam 不是傻子，聽出朋友的安慰，即使他認為自己很堅強，不想有太多其他的聯想，只是⋯⋯

Kim 從來沒說過他愛自己，他是否曾經跟前女友說過？

「啊，是 Nam ！ Nam 來了！你快看 MinHyun，MinHyun 真的太帥氣了！」女孩大喊的聲音從球場另一頭方向傳了過來，她的稱呼惹得 Kim 的粉絲也忍不住感嘆，居然可以這麼親暱的喊 Kim 學長？

「妳叫誰 MinHyun 呢？」

「我從小就這麼叫你，為什麼現在不能這樣喊了？」SangMee 開玩笑地說，這個稱呼讓名字的主人搖搖頭嘆了口氣。

「好吧，妳想怎麼叫就怎麼叫。」他看起來像是已經放棄和她爭辯。

將這一切全收盡眼底的 YongGwang 輕拍了好友肩膀，安慰地開口。

「別想太多了。」

　　「嗯，我會試著去做的。」Nam 看著迎面而來的那位大三生，嘆了口氣。

　　雖然話是這麼說，但他還是會忍不住多想。

12

幸福的
時光結束了

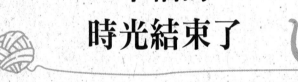

「你知道那個女偶像 SangMee 嗎？她是 Kim 學長的女朋友嗎？」

「最近老是看到她來我們學校，而且都和 Kim 學長走在一起。」

「那 Nam 呢？」

「應該是分手了吧，Nam 拿什麼跟那個漂亮的 SangMee 比啊？」

「真可憐。」

Nam 嘆了口氣。

剛好經過一群愛八卦的女人，原本想回頭辯解什麼，但最後還是放棄了，自從上次 SangMee 來大學找 Kim 已經過了三天，而這些閒言閒語依然沒有停歇。

如果是以前，Nam 可以完全做到無視，就算是之前來找他麻煩的傢伙，他都可以一笑置之，因為他知道 Kim 從來沒有把目光放在她們身上過，不管是誰想試圖介入他們兩人之間，他一向不會把自己和對方做比較，不像現在……

SangMee，一位天生麗質的女孩，她擁有名聲和外貌，然而更重要的是 Kim 看起來很寵溺她，他明明是個任性又霸道的男人，卻一再包容 SangMee 的所有行徑。

除了清潔工不允許其他人隨意進出的房間，SangMee 卻能自由出入；還同意了她的那個稱呼，即使自己不是很喜歡；連養貓的事她也知道，甚至會因為 Candy 對 SangMee 的不友善而斥責自己視為珍寶的 Candy。

種種的跡象都讓 Nam 知道自己根本不是 SangMee 的對手，這樣的認知讓他感到內心很不舒服。

「不行，Kim 已經說他們什麼關係都沒有了，不要再想太多了。」Nam 雙手拍打自己的臉頰，嘆了口氣，雖然是這麼安慰自己，但仍然會忍不住去回想旁人談論 Kim 和 SangMee 很般配的閒言雜語。

鈴鈴——

「喂，Kim 哥？」

「你在哪裡，怎麼還沒下來？」

「啊抱歉，我立刻就下去。」Nam 粲然一笑，結束了和 Kim 的通話後，剛才的憂鬱彷彿煙消雲散。

只要 Kim 的態度和以前一樣，他就不用擔心了。

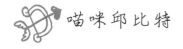

「你最近不用來我家了。」

「什麼?」正當 Nam 準備下車時,從駕駛座方向的聲音傳來的語氣很堅定,他有些驚訝地回頭看向 Kim,但對方卻將視線轉向前方。

「這段時間你可以不用來我家,這星期不來也沒關係。」

「為什麼?」

「照我的話去做就好。」

Nam 突然一陣鼻酸,他不想讓 Kim 看到自己的受傷,只能低下頭看著自己的手。

「好的,我知道了,我暫時不會去你家。」Nam 語畢便走下了車,轉身背對的那一瞬間,淚水滑落。

他不知道自己需要耗費多大的力氣,才能裝出一副堅強的樣子,即使早就心痛到無法呼吸。

直到那輛豪華跑車離開後,Nam 低下了頭,臉上的淚水落在地上。

「這個⋯⋯是代表想要分手嗎?」雖然他並不想懷疑 Kim,但 Nam 還是忍不住把事情往最壞的方向想去,畢竟當初 Kim 是多麼排斥除了自己以外的人進他家,但現在卻輕易地被改變。

　　因為 SangMee 一出現，他就可以打破自己所有的原則了嗎？

　　Nam 內心的問題得不到解答，抬起布滿淚痕的臉龐，此時的他覺得心好痛，也就在這個時候，他終於明白在 Kim 的內心，誰是他最重要的那個女人。

　　「不，他只是說這星期不去而已，也沒有提過要分手的事啊。」他勉強自己打起精神並抹去大腦裡的胡思亂想，不管怎麼樣都不能擅自揣測 Kim 的意思。

　　最後，他擦乾了臉上的淚水，低頭走進屋內，不想讓他的母親和弟妹們擔心。

　　沒關係的，一個星期後，他會找 SangMee 釐清所有的事。

　　以往即使教室裡的每個人都昏昏欲睡，Nam 都是那個獨自努力認真念書的人。然而這次，那個棕色頭髮的小矮子卻筋疲力盡地倒在課桌上，顯得毫無活力。

　　YongGwang 擔心地看著自己的好友，他知道好友是上課不會打瞌睡的人，但現在卻像失去鬥志的人一樣，

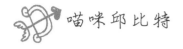

　　而且最近也沒看到 Kim 學長來接他的朋友去吃飯。

　　除了教室沒看到人，連在體育館裡也沒怎麼看到 Kim 的身影，聽說他和 SangMee 膩在一起，這讓 YongGwang 忍不住內心燃一把怒火。

　　「Nam，你還好吧？」

　　「我沒事。」

　　他那有氣無力的聲音讓 YongGwang 完全不相信是真的沒事，他輕輕地摸了摸他的頭，嘆了口氣。

　　「就只是變前任而已，沒什麼。」

　　「而且我想他可能要被甩了。」

　　「是有鬼在講話嗎？」YongGwang 認出了圍過來的那群人是之前喜歡 Kim 的女人，她們打斷自己想安慰好友的舉動，實在是太吵了。

　　「這也是事實啦，Kim 學長會喜歡一個男人多久？你的朋友跟女偶像，聰明人都知道要選誰。」

　　「我覺得如果妳們的嘴沒這麼賤，可能會更容易找到男朋友。」

　　「YongGwang ！」

　　「嗯，我知道我叫什麼名字。」YongGwang 看向那群女人臉上有著不悅，似乎是接收到 YongGwang 的敵

意，圍住的女人們紛紛轉開視線。

如果我 YongGwang 此時此刻還看不出來她們是故意來挑釁的，那也太對不起 Nam 了。

「也許如同她們所說的。」那個一直趴在桌上的人抬起頭來看向好友，美麗的眸子裡滿是憂鬱的思緒，即使他不像 SangMee 那樣總是散發著快樂的氛圍，但也不應該是一個會自怨自艾的人。

「為什麼，Kim 和你分手了？」

「不是……」

「所以你為什麼會有這樣的想法？」

Nam 明白好友是想鼓勵自己，於是他點點頭，勉強自己擠出一絲笑容。

他其實同意那些女人的說法，Kim 如果有更好的選擇，為什麼要選擇自己？

但他真的不喜歡有這種想法的自己。

即使 Kim 讓自己不要去他的家，Nam 也不打算違抗這個命令，但由於他固定會上阿姨家打掃房間，所以

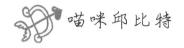

只能再次造訪這棟公寓。

「你為什麼一臉難過地看著隔壁？」阿姨看著他站在門口，表情不是很好的樣子，忍不住問道。

「不，我沒事。」Nam 回她一抹疲憊的笑容。

阿姨看得出來他似乎心事重重，而且臉上也不復以往的有朝氣，明眼人都看出他此時低落的心情，於是她抬手放在他的頭上，輕輕地摸了摸。

「Nam，我有跟你說過吧？」

「嗯？」

「有心事可以和阿姨聊聊。」阿姨溫柔地開口，一望進 Nam 的眸子裡寫著悲傷，令她感到有些難過，「阿姨知道，吵架的時候都不會想面對面談的，但這樣只會讓自己更難過而已，阿姨是過來人，很明白。」

「阿姨……」

「別為我感到難過，我的事已經是過去式了，只是後悔當時沒有好好處理自己的情緒，才會落得現在的下場，所以我想提醒你，如果現在只是小爭吵，最好在問題變大之前解決。」

「那如果是有第三者的介入呢？」

「那就切掉他的小弟弟餵給鴨子吃。」*

「阿姨！」

「開玩笑的……你要和我聊聊嗎？或許這可能只是一個誤會。」

Nam 尷尬地呵呵笑著，就算阿姨嘴巴上是講她在開玩笑的，但從她認真的樣子不難想像，如果她丈夫真的外遇了，阿姨可能會真的照做。

「好啦，阿姨要去上班了，你可以先和你男朋友聊聊。」她揉了揉 Nam 的頭，想讓他打起精神，便走出了房間。

「阿姨說得沒錯，Kim 只有讓我這星期先不要來而已，下星期再找他聊也行。」

在內心打定主意後，Nam 重新整理自己的心情，開始了今天的工作。

「好的，把植物澆一下水就好了。」

Nam 拿起澆花壺為陽台上的盆栽澆水，準備結束這

---

* 泰國之前有位婦女因為不滿丈夫的花心，拿刀切掉丈夫的生殖器餵給鴨子吃，當時還引起轟動，並且有不少新聞報導。

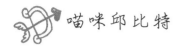

個工作後就回家。

「Kim，你不想打開落地窗嗎？今天天氣很溫暖。」

當他聽到隔壁陽台的落地窗被打開的聲音，Nam 下意識地趕緊蹲在牆壁的後方，猜想這個角度應該不會被人發現。

如同別人說的，他們兩人果然成天膩在一起，就連現在也不例外。

「妳瘋了嗎？要是等下貓跳出去怎麼辦？」Kim 大聲地斥責，接著連忙將門關上，但即便關上了門，仍依稀聽見兩人的對話。

「你也太愛擔心了吧？」

「是是是，而且又愛吃醋。」

「是吃我的醋嗎？」

Nam 緊握自己的雙手，指甲陷入手掌裡的痛楚卻不及心碎來的痛，他告訴自己不應該繼續蹲在這裡偷聽，應該要立刻回到房裡，但他現在卻感覺身體很沉重，動也動不了。

他該慶幸……知道真相總比被蒙在鼓裡要來的好吧？

「妳知道我在吃誰的醋。」

「吃我的醋嗎？」

「好吧，就是吃妳的醋。」Kim 不悅地聲音傳來，只是女孩似乎不在意他的不開心，反而咯咯地笑出了聲音，這所有的對話都像是將 Nam 打入深淵一般。

不⋯⋯別再說了⋯⋯他不想聽。

「那個戒指⋯⋯」SangMee 開口，Nam 一聽到關鍵字立刻認真聽著接下來的對話，他想知道是不是如同自己所預期的那樣，「你一直戴著它，而且還會有意無意地摸戒指。」

「習慣動作了。」Kim 的語氣有著柔和，Nam 可以想像現在的畫面應該是那個對戒指占有慾極強的 Kim，任由 SangMee 去觸碰那枚戒指。

他的眼淚不爭氣地落了下來。

「我很高興你仍視這枚戒指為珍寶。」

「不論我遇到了誰、或者愛上了誰，這個戒指對我來說都很重要，送我戒指的人也很重要。」

不管 Kim 愛不愛自己，SangMee 才是最重要的那個人嗎？

眼淚順著臉龐一滴一滴的滑落，Nam 聽到自己心碎的聲音，他雙手摀住嘴不讓啜泣聲逸出，嬌小的身子縮

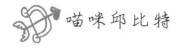

在陽台上，渾身顫抖。

「別忘了把這件事告訴 Nam。」

「我會的。」Kim 的口氣有著嚴肅。

當陽台落地窗再度被打開時，Nam 已經走進阿姨房間內了，他無法再聽到年輕的女孩說了什麼，只能緊緊地抱住自己，再也壓抑不住的痛哭失聲。

「唔……我知道的……他重要的人已經回到他身邊了……」

他的幸福時間已經劃下句點，到此為止。

「如果……嗚……他真的不愛我了……我該怎麼辦……嗚……阿姨……」

回應他的，只剩安靜的空氣及寒冷的涼風。

　　Kim 覺得他男朋友的舉止行為很奇怪，雖然讓他暫時先不要來公寓的是自己的意見，但這也都是為了準備某些事……然而他現在覺得 Nam 似乎刻意搞失蹤。

早上去教室才得知了他早就離開的消息，中午到食堂也沒看到他的人，他甚至不來體育館了，打電話也不

接，這不是搞失蹤是什麼？

Kim 一整天都很沮喪，他的朋友都不太敢接近他，就連 WonHee 也躲得遠遠的，不過即便 Kim 再怎麼感到焦躁，也沒有打算要去逮 Nam，因為一個星期還沒到，現在還不是時候。

最後，一個星期過去，Kim 的理智也跟著斷線。

「Nam，你在哪裡？」當 Nam 接起電話後，Kim 再也忍不住地大吼出聲，然而他只得到對方的一陣沉默，這讓 Kim 眉頭輕皺，再度加重音量，「Nam ！」

「我在家。」

「你今天沒課嗎？」

「我起得太晚，就沒去了。」

Kim 從他的聲音察覺到不對勁，依他對 Nam 的了解，不管發生什麼事他都會堅持來上課，現在居然會因為起得太晚而選擇蹺課，而且他的聲音聽起來虛弱得像是生病了，所以他不得不放柔自己的聲音。

「你生病了嗎？」

「我……很好……」

「你在撒謊。」Kim 立刻察覺自己的男朋友在說謊，當初他受傷時自己說有多擔心就有多擔心，現在如

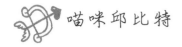

果知道他生病，肯定會直接把人拖進房間，一刻也不讓
他離開地近距離照顧他。

「你有什麼事嗎？」

Nam 的聲音讓 Kim 皺起眉頭，如果是平常的話，
Kim 在聽到他這麼問時會故意回說：「難道他不能主動
打電話過來嗎？」但顯然現在沒有開玩笑的心情。

「你沒事吧？」Kim 又再度問。

「我沒事。」

「那我去你家一趟。」

「好的。」Nam 輕聲地回道。

Kim 不信任他所說的沒事，於是他將手機放進褲子
口袋，長腿跨進了豪華跑車，不管 SangMee 這星期跟他
說了什麼，他都要確定他男朋友是真的沒事。

和 Kim 結束通話的 Nam，眼神裡寫滿了悲傷地呆
望著手機，剛才通話時他努力不讓 Kim 聽出自己的哭
聲，但一聽到 Kim 說要來找自己時，他知道，這段感情
要劃下句點了。

「是時候該結束欺騙自己了。」Nam 輕聲開口，發呆了一個早上，他開始在內心盤算著，如果今天要和 Kim 分手，他想好聚好散，而且不要讓對方看到自己紅腫的雙眼，不讓對方知道自己有多難過。

沒過多久，一輛豪華跑車停在了 Nam 父親留下的小房子前，車子的主人下了車，他的長相太過顯眼，一眼就能認出他的身分。

「Nam，你沒事吧？」Kim 看著他蒼白的臉，忍不住擔心地問道。

Nam 努力裝出一副沒事的樣子，緩緩開口：「Kim。」

「怎麼了？」

「我們去散散步吧。」

雖然 Kim 不解他為什麼要這麼開口，但在意識到對方的臉色時，立刻答應了他的要求。

「天氣變冷了，我們還是回去吧。」

在小公園裡，樹葉已經換上新色，漸冷的天氣讓其他散步的人早已返家，看 Nam 仍然繼續走著，Kim 開

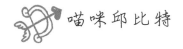

口說道。

　　Nam 身上只穿著短褲和長袖的薄襯衫，Kim 實在很想將他攬入懷中分些溫暖給他，但此時此刻卻開不了口，也許顧慮他的心情從剛才開始就很失常。

　　Kim 的話讓 Nam 轉頭過來面帶笑意，但淚水早就布滿了他的臉龐。

　　「你要和我分手嗎？」

　　「你說什麼？」Kim 聞言差點沒摔倒，在內心飛快地思索了一遍所有可能導致他失常的原因，怎麼都沒料到會聽到這樣的話。

　　他是在說什麼？從來沒有說過要分手啊。

　　Nam 臉上有一瞬閃過悲傷的神情，視線不由自主地停在他脖子上的項鍊，低頭想讓自己更勇敢地說出接下來的話，但因為心實在太痛了，所以會忍不住流淚。

　　「我不是故意要偷聽你和 SangMee 對話的，但那天我去打掃阿姨的房間……」他想要壓抑自己的顫抖，但淚水卻無法控制的落下，「聽到 Kim 你說，不論遇到了誰、或者愛上了誰，這個戒指對你來說都很重要，送你戒指的人也很重要。」

　　看著 Nam 握緊雙拳盡力想保持穩定的聲調，Kim

眉頭輕皺，他在腦中迅速地整理了時間序。

「這個戒指對我來說是很重要，但和我們交往有什麼關係？」

「因為⋯⋯戒指的主人回來了，你還跟 SangMee 說，你會把這件事告訴我。」Nam 雙眼對上了 Kim 的震驚眼神，他雙手環住了自己的胸膛，他想要結束這一切，在 Kim 說出自己不想聽到的內容之前，他會先告訴他自己的感受，「你什麼都不要說⋯⋯嗚⋯⋯讓我、讓我說⋯⋯嗚⋯⋯Kim⋯⋯我愛你⋯⋯很愛你⋯⋯」

Kim 還在想到底是哪個橋段引起了他的誤會，他試圖保持冷靜傾聽他的哭訴，而他向來喜歡逗弄的臉，此時梨花帶淚地看向了自己，泣不成聲。

「我不知道自己什麼時候喜歡上你的⋯⋯你什麼時候喜歡上我的⋯⋯嗚⋯⋯但當我意識到的時候⋯⋯嗚⋯⋯就已經愛上你了⋯⋯我很愛你和 Candy⋯⋯我不想分手⋯⋯我真的很愛你⋯⋯但我知道⋯⋯嗚⋯⋯你會選擇你重要的那個人⋯⋯就是我想說的⋯⋯嗚⋯⋯我已經準備好聽你說了⋯⋯」Nam 越說眼淚掉得越兇，雖然他一點也不想讓 Kim 看到自己懦弱的樣子，但他還是忍不住哭得像個孩子。

　　因為愛情……真的很痛。

　　驀地，自己在毫無心理準備的情況下被 Kim 用力地摟進了懷裡，他的臉被緊按在那寬闊的胸膛上，雖然自己現在十分虛弱，但耳邊傳來的怒吼卻讓他下意識慌亂地抓住了 Kim 的襯衫。

　　「該死的 Nam 你到底在想什麼？」

　　「嗚嗚……」他抽了抽鼻子，在那一瞬間他停止了哭泣。

　　「聽好了，我要告訴你的不是分手，而是……我也很愛你，聽清楚了嗎？ Nam ！」

13

最重要的人和
最重要的事

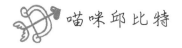

「我該怎麼對 Nam 說我愛你？」

「Kim 你居然還沒跟他告白，你瘋了嗎？」

那天 SangMee 跑到他家，送她回去的路上，女孩提起 Nam 看起來像在吃醋的樣子，老實說 Kim 當下是很開心的，畢竟過去無論是哪個女孩接近自己，他從未見過 Nam 有任何異樣的表現，Nam 認為自己對那些人沒興趣，自然也不需要為此吃無謂的醋。

就在 Kim 認為自己可能永遠都看不到 Nam 吃醋的樣子時，SangMee 的出現卻罕見地讓自己看到了他吃醋的反應，他想和 SangMee 談談自己的想法，只是組織了半天語言卻說不半句話來。

他從來沒有真正地愛過任何一個人，心牆築得比任何人還要高，在遇到 Nam 後願意卸下心防去接受他，就連愛上他這件事都是旁人點醒的，所以他說不出「我愛你」這句重要的話。

SangMee 在得知他的情況後，雖然先是一陣嘲笑，但也表示願意幫忙。

「你和 Nam 是因為貓才認識的對吧？那就讓貓幫你做點什麼吧。」

「做什麼？」

「寫下愛的告白，綁在 Candy 的脖子上，然後跑向 Nam。」

「Candy 不喜歡任何東西綁在牠脖子上，會被牠扯下來。」

當 SangMee 提出建議時，Kim 總是能直截了當地回堵對方，搞到最後她都有些惱火。

「你和 Nam 認識多久了？」

「下星期就三個月了。」

「那做個貓蛋糕，在上面寫一個愛字。」

「好吧，這個提議有趣多了。」Kim 接受了這樣的建議，但當 SangMee 得知他正在尋找哪家甜點店可以客製蛋糕時，卻惹來她的不滿。

「你口口聲聲說自己愛 Nam，現在居然連個告白的蛋糕都要找人訂做？你的愛未免也太廉價了吧？要自己做才有誠意啊！」

「妳覺得我做得出蛋糕？」

「如果你不自己做，我就不幫你了。」

SangMee 的威脅讓 Kim 忍不住陷入沉思，一直以來從不曾為 Nam 付出過，反而是自己還替他招來不少的麻煩，老實說他並不認為按照食譜做塊蛋糕是件什麼太

困難的事，但在第一次嘗試後，他就立刻被打臉了。

「我認為你得每天練習，不然肯定來不及。」

SangMee 的建議讓 Kim 有些沮喪，他第一次感受到什麼叫力不從心。

於是，Kim 只好要求 Nam 一個星期內暫時先不要找他，儘管這並不是他想要的，因為他早已習慣擁抱 Nam 入眠，沒有他的日子裡幾乎是無法入睡，只是 SangMee 告訴他，若能做出蛋糕的話將會是一個驚喜，Nam 在發現真相後一定會感動到哭出來，所以他只能忍耐。

但為什麼他的忍耐和努力，最後卻演變成這樣的結局？

「聽好了，我要告訴你的不是分手，而是……我也很愛你，聽清楚了嗎？ Nam ！」

公園裡一片寂靜，涼風吹過樹梢帶起一陣沙沙聲，Kim 的告白讓 Nam 震撼得一時當機。

Kim 說了什麼？

「我真不敢相信自己得用這樣的方式向你告白，事實證明你完全誤會我了……我絕對不會和你分手的，永遠都不會！」Kim 咆哮出聲，他忍不住在內心遷怒提出

建議的 SangMee，更氣的是自己居然讓 Nam 誤會了。

　　Nam 面露震驚並想輕輕地推開那張好看他的臉，只是 Kim 此時卻羞愧得不想讓他看到自己的臉。

　　「Kim……」

　　「別動，你安靜聽下去！」Kim 用再嚴肅不過的口氣說道，「戒指的主人不是 SangMee，聽著，Nam，不要擔心，這枚戒指的主人是……我媽。」

　　這段話讓依偎在他懷裡的 Nam 無法動彈，他感覺到 Kim 的手臂緊扣住自己的腰，Kim 下巴抵著自己的頭，睽違了一個星期，終於再度聞到了熟悉的味道。

　　「媽媽？」Nam 瞪大了雙眼，不知道什麼時候淚已不再落下。

　　「是的，是我媽媽，所以對我來說很重要……」Kim 嘆了口氣，接著說出他不曾提過的那段往事，「我媽在我十二歲那年就去世了，臨終前把這枚戒指交給了我，她說戒指原本是我祖母的，她打算傳給我，所以對我來說，這枚戒指有種特別的魔咒，每當我觸碰戒指就像是能感受到來自她的愛，雖然我媽老早就離開了我的身邊。」

　　Kim 緊緊地抱住了 Nam，聲音中還帶著些許顫抖。

「自從媽媽過世後，我就不曾感受過別人的愛，尤其在那之後我爸又再婚了，雖然我不是什麼會闖禍的小孩，但卻感到很孤獨，甚至覺得沒有什麼東西是屬於我的，你還記得當初問過為什麼會選擇 Candy 嗎？因為我覺得牠和我一樣……躲在籠子角落，也許有很多路過的人會覺得牠很可愛，但又有多少人會把牠帶回去好好的疼愛呢？」

Nam 回擁住了 Kim，淚水又再度被逼了出來，他只知道 Kim 看起來很孤獨的樣子，但他沒想過居然是會孤獨到這個地步。

「然後我發現你……一點都不在乎我的錢，而且害怕我的威脅，像你這樣明明害怕我會對你不利，但仍然願意不求任何回報的幫忙，卻還在我門口等了好幾個小時、被車撞傷了仍然按我指示去做的瘋子，你的出現填補了我孤獨的空缺……」Kim 輕輕鬆開了他，低頭與他四目相接，「因為有你，Nam，因為是你，讓我這樣孤獨的人有了歸宿。」

直視 Nam 的雙眼寫著憐愛的情緒，Nam 只能淚如雨下地回望他。

「你為什麼要哭呢，Nam ？」

「嗚⋯⋯對不起⋯⋯我真的很抱歉⋯⋯是我發神經⋯⋯我瘋了⋯⋯」

「你現在才知道你瘋了嗎？」Kim 有些不太自在地接著說，「但愛上你這個瘋子的我，可能比你更瘋狂。」

Nam 一開始還感到有些內疚，但在聽了 Kim 的話後平復了一些，他看著那個對自己告白的高大男人此時別過了臉，雖然此時天色已有些昏暗，但仍可藉由公園的燈光看到他臉上不自然的紅暈，Nam 忍不住輕笑出聲。

如同阿姨所說的，他們如果能正面地好好談談，或許一切並非自己所想得那麼糟糕。

Nam 伸出手環住他的後頸項，這個動作讓 Kim 不得不回頭看向他，在他還沒來得及反應時，柔軟的雙唇已經印上了自己。

Kim 沒想到他居然會有這麼大膽的舉動，畢竟向來 Nam 都是被動的那一方，現在情勢居然逆轉。

「我愛你，Kim。」Nam 已經豁出去了，他知道 Kim 會因為這一吻而感到震驚，但他不管那麼多，只想讓對方知道自己的心情。

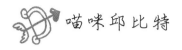

這一吻結束後讓 Kim 再度緊緊地抱住了他，臉上有著掩不去的笑意。

「Kim，我想看看你的臉。」Nam 被緊抱著只能在他胸前輕輕地抗議著。

「不要看。」

「好嘛～～」

「好吧。」Kim 在他的撒嬌之下放棄了掙扎。

Nam 這才知道為什麼 Kim 不想讓他看到自己的臉，因為他臉上的笑容是自己目前為止看過最燦爛的。

這個笑容讓 Nam 知道，是自己讓他露出這樣的笑容。

「先別睜開眼睛。」

「我還要閉多久啊？」

「先閉上你的眼，別想著偷看，不然我就對你不客氣。」

在豪華的公寓裡，Nam 坐在沙發上被另一個人強迫照顧貓，當他聽到廚房傳來奇怪的聲音時，就算 Kim 沒

有威脅他，此時的他也不敢輕易睜開眼，甚至在這個時候 Candy 還嚇到直接跳上他大腿。

「喵喵！」

「想我了嗎 Candy，你頭在哪裡？」閉上雙眼的 Nam 撫摸著貓柔軟的身體，接著抱住了牠，「我好愛你哦，Candy！」

喵喵聲像是回應了 Nam 的告白，那個在廚房裡的男人低聲地開口：

「但你必須更愛我。」

「Candy 的主人很愛吃醋呢。」

「喵喵⋯⋯」Candy 叫出了聲音。

過去那週 Nam 不在的日子裡，Candy 甚至跟 Kim 鬧了脾氣，天天都在給他搗亂。

「那你愛我嗎？」Nam 聽到 Kim 在桌上放了盤子的聲音，他的臉頰有著嫣紅，但還是想知道答案。

「我愛你。」Kim 露出溫柔的微笑，眼裡滿是深情，「先別睜眼。」

Nam 真的很想吐槽他，這件事他已經強調好幾遍了，但因為怕 Kim 會惱羞成怒，於是選擇乖巧地點點頭。

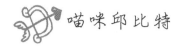

但就在這個時候,脖子傳來的異樣觸感讓他心跳加速,他腦海中閃過了一個可能性,只是他不敢確定。

「Kim……」

「好了,你可以睜開眼睛了。」

Nam 睜開眼,被第一眼所看到的景象給震驚,原本在 Kim 脖子上的項鍊戒指,此時在自己的脖子上,他立刻回頭看向坐在身側的男子,眼底有著一絲惶恐。

「Kim……我不能收下這麼貴重的東西。」

「重要的東西必須留給重要的人。」Kim 微笑,大手輕撫上他的臉頰,柔聲地開口。

Nam 的臉浮現了紅暈,從他們第一次見面開始,自己本來還想逃,可是現在卻被他深深吸引,這當中的心情轉折實在是太大了。

「還有,我得讓你保證絕對不會輕易離開我。」

「我不會這麼做的。」

「如果你敢這麼做我會追著你到天涯海角。」Kim 口氣有著威脅,但臉上藏不住笑意。

Nam 緊緊地抓住自己胸前的戒指,並主動獻上吻。

「謝謝你。」

這個甜蜜的舉動讓 Kim 更加相信,只要 Nam 戴著

這個項鍊的一天，他就會盡最大的努力去好好地珍惜 Nam，如同自己的心一般⋯⋯他已把心給了 Nam，永遠不會後悔。

「你不要只關心戒指，還要關心我做了什麼。」

Nam 定睛一看才發現，桌上放了一個⋯⋯

「哈哈哈⋯⋯Kim⋯⋯哈哈哈哈⋯⋯」

「別笑了，我已經努力一個星期了！」Kim 看到 Nam 的反應忍不住開口。

其實要說這蛋糕，真的就只是幼稚園程度的外型，看得出來他是想將蛋糕做成貓的形狀，但耳朵明顯歪斜，嘴巴也朝另一邊歪去，奶油甚至鋪的亂七八糟，蛋糕底座下的文字也讓人看不懂。

只是，這一切對於一個幾乎不進廚房的人來說，可以說是盡了最大的努力。

「嗚⋯⋯Kim⋯⋯」

「真是的，要哭要笑選一個好嗎？Nam。」Kim 才一回頭就看到他哭了出來，但自己卻笑得很開心，所以只能靠大聲講話來壓下尷尬。

「我很高興。」Nam 顫抖地開口，他眼眶泛紅看著他，因為他明白 Kim 為了這個蛋糕有多努力。

　　Kim 利用自己手做的蛋糕來證明自己的愛意，這讓他感動到無法自己。

　　「我也愛你。」他用力地抱住了 Kim，就在這個時候 Candy 從他腿上跳了下來，彷彿是在催促兩位主人更加親密地擁抱在一起。

　　蛋糕上一個簡單的「愛」字，Nam 用了同樣的詞回應了 Kim。

　　他們擁有著，同一份愛。

　　「我……」

　　「什麼都別說了 Kim，我知道的，你不用再多說了。」

　　「謝謝你。」Kim 俯身輕易他的額頭。

　　謝謝你帶給我的一切。

　　「我們一起吃蛋糕吧，Kim。」

　　「嗯，一起吃吧。」

　　當 Nam 轉過身準備吃蛋糕時，他驚呼出聲。

　　「喂，Candy，這不是貓糧！」只見小貓舔著蛋糕上的奶油，接著用貓爪在蛋糕上扒了幾下，在聽到 Nam 的驚呼聲後，跳下了地板。

　　「喵喵！」

　　看著腳上沾滿奶油的 Candy 正一步一步地踏髒地板，並喵了幾聲搖著尾巴離去，Nam 嘆了口氣。

　　「在吃蛋糕前，先處理一下你的貓吧。」他站起身準備去善後。

　　Kim 拉住了他的手，用極為嚴肅的語氣開口：「是我們的貓。」

　　「嗯，我們的貓。」

　　但在那之後，Nam 開始認為，他們共有的貓應該不會增加自己的負擔吧？特別是看見房間的主人只是坐在原地，正為打掃房間的自己加油打氣時。

　　……好吧，他會連貓的主人一起照顧的。

尾聲

「偶像女團成員 SangMee 近期被拍到不少和一位帥氣的男性出雙入對還因此上了熱門新聞，今天我們就要來訪問 SangMee，請問照片裡的帥哥是誰呢？」

大螢幕上，記者針對近期流出的照片採訪李相美，只見她露出嫣然一笑。

「哦，那是我表哥 Kim，我利用放假的時候去拜訪他，然後就發現了一些有趣的東西。」

「是什麼有趣的事呢？」

「祕密。」

螢幕裡的美少女對著鏡頭露出了燦笑，這幕讓電視機前的 Nam 忍不住呻吟出聲。

「好丟臉……」

一開始，Nam 以為 SangMee 是 Kim 的初戀，畢竟她提過他們曾經一起睡在同一張床上，但如果是表兄妹的關係，又從小一起長大的話，會有那樣的行為和稱呼似乎也不奇怪了。

「我覺得我自己好像被她一起愚弄了。」Kim 關掉電視也忍不住開口，事實證明 SangMee 之所以會開口想要幫自己，完全只是覺得有趣而已。

「Kim，我有事要問你。」原本倒在沙發上自怨自艾

的 Nam 突然坐起了身，用再正經不過的口氣開口。

「什麼事？」Kim 平穩的聲調讓 Nam 的緊張感鬆懈了一些。

「就⋯⋯SangMee 不是說過，你曾經甩掉她的事。」

「那只是她在吃醋而已。」

「吃醋？」Nam 不解地看向他。

「在 SangMee 去當偶像之前，所有的親戚裡就數我和她關係最好，後來她決定要成為一名歌手時還想順便帶著我一起去，但被我拒絕了，我光是因為一直被人注視就不想在食堂裡吃飯，怎麼當得了偶像？」

Nam 認同地點點頭，畢竟 Kim 現在會主動出現在食堂，也是因為陪著自己去而已。

「就這麼簡單的理由，因為 SangMee 本來想和我上同一間大學，但當她的重心放在歌手工作上後，我和她就此走上了不同的未來，時至今日，她仍然因為我這樣的決定而認為是我甩了她。」

「蛤？」他完全被誤導了！

Kim 看到他臉上震驚的表情忍不住笑了出聲，接著抱住了 Nam，低沉地開口：

「放心吧，我不會甩掉你，你也不能甩掉我。」

「我不會甩掉你的，我知道我老闆很怕孤單。」

「沒有了你我會更孤單。」Kim深情地開口，隨即俯身親吻雙頰泛紅的Nam，「我們要一起照顧Candy。」

Nam笑笑地開口：「波斯貓的平均壽命只有十幾歲啊。」

「難道你只打算和我在一起那十幾年？」Kim的口氣有著嚴肅。

「明明是你先說的。」他回以一抹燦笑，接著將手放在他的胸前。

砰！

Nam還沒反應過來就被Kim推倒在沙發上，並壓上了自己的身體，這時Nam才察覺出他想做些什麼，急忙出聲制止。

「K、Kim，現在還是白天。」

「我覺得我該給你的失言一些懲罰。」語畢便吻住了他唇阻止他接下來的抗議。

叮咚叮咚——

「該死的是誰這麼煩人？」Kim因為好事被打斷而低聲咒罵，原本被他壓在身下的Nam則立刻跳了起

　　來，抱住那隻睡得正香甜的貓快步走進了貓房。

　　Kim 不悅地起身，並按下對講機。

　　「喂？」當他看到對講機螢幕上顯示著管理員的臉，管理員臉上堆滿笑意。

　　「Kim 先生，可以麻煩您開個門嗎？」

　　雖然滿腦子的疑問，Kim 還是選擇將門打開。

　　「有什麼事嗎？」

　　「聽說您養了一隻貓，是真的嗎？」管理員笑笑地問道。

　　「是誰跟妳說的？」Kim 不解地問。

　　「有位住戶正好聽到您和一位男孩在聊天……」

　　「哦……」Kim 拉長了尾音，笑了出聲。

　　「Kim，是誰來了……啊！」Nam 還沒反應過來就被 Kim 拉到門口，他在看到門口站著管理員時尖叫出聲。

　　「這就是每天晚上喵喵叫給我聽的貓。」

　　「什、什麼？」他簡直不敢相信自己的耳朵，臉紅得像煮熟的蝦子一般。

　　Kim 俯身給了 Nam 一個吻，接著滿臉笑容地看向了管理員。

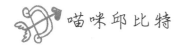

「妳明白了嗎？」

「呃⋯⋯我明白了，你們已經交往很長一段時間了是吧？」管理員臉上浮現兩朵紅暈，她現在才知道原來聽到的不是貓叫，而是一個披著貓皮的男人叫聲。

真沒想到面前這位帥哥居然大方的公開自己取向。

「你怎麼能說這樣的話？我的一世英名全毀了！」當管理員離開，門再度落上後，Nam 忍不住大喊出聲，要不是地上沒洞，他早就把自己給埋進去了，現在居然被管理員知道這件事，以後他該如何繼續在這棟公寓進出。

「好啦，你就當作在幫我嘛，要是被她知道了 Candy 的存在，我們就不能繼續住在這裡了。」Kim 舉起雙手做出求饒狀。

原本被關在貓房裡的 Candy 此時突然跑了出來，迅速地躍上架子。

「嘿！Candy 快住手！」放在架上的相框則因為牠跳了上去，而被撞飛出去直線落下，Nam 立刻衝上前及時抓住了相框。

仔細想想自己還真是忙碌，除了要照顧貓，還要照顧貓主人，現在還得負責守護他的祕密。

　　「喵喵……」Candy 悠悠地喊了幾聲並舔著自己的毛，似乎是在對兩位主人說：

　　好啦，主人們，沒有我，你們就無法像現在這樣相愛的不是嗎？喵……

國家圖書館出版品預行編目資料

喵咪邱比特 / MAME著；甯芙譯. -- 初版. -- 臺北市：春
光出版，城邦文化事業股份有限公司出版：英屬蓋曼群
島商家庭傳媒股份有限公司城邦分公司發行, 2025.02
　　面；　公分. --(南風系)
譯自：
ISBN 978-626-7578-24-7 (平裝)

868.257　　　　　　　　　　113019525

南風系

喵咪邱比特

作　　　者／MAME
譯　　　者／甯芙
繪　　　者／MN
企劃選書人／王雪莉
責 任 編 輯／高雅婷

版權行政暨數位業務專員 ／陳玉鈴
資深版權專員／許儀盈
行銷企劃主任／陳姿億
業 務 協 理／范光杰
總　編　輯／王雪莉
發　行　人／何飛鵬
法 律 顧 問／台英法律事務所　羅明通律師
出　　　版／春光出版
　　　　　　臺北市 115 南港區昆陽街 16 號 4 樓
　　　　　　電話：（02）2500-7008　傳真：（02）2502-7676
　　　　　　部落格：http://stareast.pixnet.net/blog E-mail：stareast_service@cite.com.tw
發　　　行／英屬蓋曼群島商家庭傳媒股份有限公司城邦分公司
　　　　　　臺北市 115 南港區昆陽街 16 號 8 樓
　　　　　　書虫客服服務專線：（02）2500-7718 /（02）2500-7719
　　　　　　24小時傳真服務：（02）2500-1990 /（02）2500-1991
　　　　　　服務時間：週一至週五上午9:30～12:00，下午13:30～17:00
　　　　　　郵撥帳號：19863813　戶名：書虫股份有限公司
　　　　　　讀者服務信箱E-mail: service@readingclub.com.tw
　　　　　　歡迎光臨城邦讀書花園 網址：www.cite.com.tw
香港發行所 ／城邦（香港）出版集團有限公司
　　　　　　香港九龍土瓜灣土瓜灣道86號順聯工業大廈6樓A室
　　　　　　電話：（852）2508-6231　傳真：（852）2578-9337
　　　　　　E-mail：hkcite@biznetvigator.com
馬新發行所 ／城邦（馬新）出版集團　Cite（M）Sdn. Bhd
　　　　　　41, Jalan Radin Anum, Bandar Baru Sri Petaling,
　　　　　　57000 Kuala Lumpur, Malaysia.
　　　　　　Tel:（603）90578822 Fax:（603）90576622 E-mail:cite@cite.com.my

封 面 設 計／蔡佩紋
內 頁 排 版／芯澤有限公司
印　　　刷／高典印刷有限公司

■ 2025年2月11日初版一刷　　　　　　　　　　　　　Printed in Taiwan

售價／399元

城邦讀書花園
www.cite.com.tw

Published originally under the title of 《ลุ้นรักป่วนใจคุณเจ้านายสุดหล่อ Cupid Cat》
Author©MAME
Traditional Chinese (Complex Chinese) Edition rights under license granted by Me Mind Y Co., Ltd.
Traditional Chinese (Complex Chinese) Edition copyright © 2025 Star East Press, a Division of Cité
Publishing Ltd.
Arranged through JS Agency Co., Ltd, Taiwan
All rights reserved

115臺北市南港區昆陽街16號8樓

英屬蓋曼群島商家庭傳媒股份有限公司
城邦分公司

請沿虛線對折 謝謝！

愛情・生活・心靈
閱讀春光，生命從此神采飛揚

春光出版

書號： OW0019　　書名：喵咪邱比特

讀者回函卡

謝謝您購買我們出版的書籍！請費心填寫此回函卡 我們將不定期寄上城邦集團最新的出版訊息 亦可掃描QR CODE 填寫電子版回函卡

姓名：_____

性別：□男　□女

生日：西元_____年_____月_____日

地址：_____

聯絡電話：_____　傳真：_____

E-mail：_____

職業：□1.學生 □2.軍公教 □3.服務 □4.金融 □5.製造 □6.資訊

　　　□7.傳播 □8.自由業 □9.農漁牧 □10.家管 □11.退休

　　　□12.其他 _____

您從何種方式得知本書消息？

　　　□1.書店 □2.網路 □3.報紙 □4.雜誌 □5.廣播 □6.電視

　　　□7.親友推薦 □8.其他 _____

您通常以何種方式購書？

　　　□1.書店 □2.網路 □3.傳真訂購 □4.郵局劃撥 □5.其他 _____

您喜歡閱讀哪些類別的書籍？

　　　□1.財經商業 □2.自然科學 □3.歷史 □4.法律 □5.文學

　　　□6.休閒旅遊 □7.小說 □8.人物傳記 □9.生活 勵志

　　　□10.其他 _____

情不知所起，一往而深。
尋著心之所向，乘著拂曉清風，
流往那剎那即永恆之境。

情不知所起，一往而深。
尋著心之所向，乘著拂曉清風，
流往那剎那即永恆之境。